Username
Password
sign in
首席駭客
10
關鍵線索
銀河九天 著

Contents 目錄

第一章　引狼入室

兩人能不驚訝嗎，這次的病毒事件，八成就是軟盟幹的，自己現在是躲軟盟防軟盟都還來不及呢，如果真把整個企業的安全核心換成軟盟的策略級引擎，那不等於就是引狼入室嗎，這以後還能有踏實日子過嗎？

盤。

還是在海城那座別墅的地下室，幾個人坐在那裏，這次誰也沒有敲擊鍵

那個叫約翰的老頭道：「總部對我們上次的行動非常不滿，弄到手的資料是假的，而且夾帶了病毒，致使總部的電腦系統癱瘓了一個小時，損失非常大！」

上次的那年輕老外，此時捏著額頭，聽完約翰的話，他緩緩站了起來，皺著眉，顯得非常痛苦的樣子。

「我們有點輕視了軟盟，他們是做網路安全的，所以自身的安全工作一定非常到位，我們當時做出那個決定，確實是有些草率了！我會向總部解釋的，責任在我！」

「現在說這些還有什麼用！」約翰看著那年輕老外，「我早就提醒過你，並不是所有的中國人都是庸才，他們有很多人比我們還要優秀，那些能被我們用錢收買到的才是庸才。像軟盟的劉嘯，就是個非常厲害的人物，我們這麼多人聯合起來，跟他鬥了這麼久，才勉強能鬥個旗鼓相當，這還是有那些庸才在幫我們拆軟盟的台，否則現在是個什麼情況，還很難說。」

「約翰說得對！」年輕老外點頭，「我們過去是有些輕視軟盟了，所以

接下來的所有行動中，我們必須全力以赴，而且要非常謹慎，不能再有任何的失誤了！」

說完，這年輕老外看著約翰，道：「約翰，你給大家說一下最新的情況！」

約翰捏了捏鼻子，說：「可以說，我們現在的局面非常被動，注意我們的，不光有中國方面的監控追蹤，還有我們的同行。我們這一次冒然行動，破壞了彼此之間的攻守同盟，現在幾個同行之間各自猜疑，他們認定有人已經得到了軟盟的核心技術，所以在對付軟盟上，已經不像以前那麼有默契了。」

年輕老外眉頭皺得愈發深沉，沒說什麼，只是道：「你接著說！」

「這幾天國內外安全期刊集體詆毀軟盟的事，我也已經查清楚了！」約翰頓了一頓，「是華維做的！」

「華維？」屋子裏這幾個人都露出了驚訝之色，這個結果確實令人很意外，「你沒有弄錯嗎？華維最近和軟盟走得非常近，他們已經達成了一種戰略性的合作關係，要不是他們聯手的話，我們歐美的那些安全企業也不會在中國市場節節敗退，現在外來品牌在中國境內安全市場的份額已經由六成銳減到不足一成了！華維怎麼可能朝軟盟下手呢！」

「兩種可能！」約翰習慣性地摸了摸大鼻子，「第一，中國有句古話，叫做『一山不容二虎』，在擊敗外來品牌後，華維是最有可能向軟盟下手的，華維的野心也非常大，從這幾年他們在全球的佈局就能知道，再說，就目前來看，華維實力遠在軟盟之上，他們為什麼要分市場給軟盟？」

眾人點頭，覺得這個分析很有道理。

「第二，華維和軟盟聯手給我們演戲！」約翰到底是老江湖，道：「華維找這些喉舌詆毀軟盟，時間剛好是在我們侵入軟盟，和軟盟發布這個消息的中間，這就說明他們很有可能是事先商量好的。因為以軟盟的技術水準，別人有沒有動他們的電腦，他們很快就能發現，而不會等到三天之後才發現，我估計他們是故意推遲了三天才公佈的。我們在獵取軟盟，軟盟也在給我們下套，他們公佈被竊的消息後，隨即就宣布要出售自己旗下所有業務，這明顯就是要給人造成錯覺，讓大家都以為軟盟的核心技術被竊了，這樣一來，我們之間的攻守同盟就被打破了，大家陷入了彼此猜忌之中。」

「那軟盟也沒必要出售自己的業務吧？」年輕老外有些不解，「難道他們就不怕我們將計就計，將他們的業務全盤收購嗎？」

「中國有句話，叫做『捨不得孩子套不著狼』，如果他們不這麼做，又怎麼能讓我們認為自己弄來的那堆資料裏就有軟盟的核心技術呢！殺敵一千，自損八百，雖然傻了點，但最後勝利的畢竟還是自己。」約翰看了一眼那年輕老外，之前他們把那些資料送給總部的時候，跟邀功似的，現在傻了吧，「再說了，他早已料定我們不會那麼快就收購他們的業務，我們不會接受他們開出的價格，我們會壓價，弄清楚事情的來龍去脈，可等我們弄清楚之後，他們要麼不出售了，要麼就是又有新的招數出來了。」

「那我們現在怎麼辦？」年輕老外看著約翰。

「要麼就接受軟盟開出的價格，拿到自己想要得到的業務；要麼就推高價格，讓別人也別想得到，其中也包括華維在內！」約翰說道，然後又刮了刮自己鼻子，「只是要推高價格，我們就得反過來去捧軟盟。」

年輕老外皺著眉，這大概是他平生遇到最奇怪的事了，別人拼了命地貶低自己，想自殘，可作為對手，你非但不能趁火打劫、落井下石，反倒要去捧高對方，千方百計阻止對方自殘，這真是天下一大奇聞。

「把我們的分析上報總部，讓總部來決定吧！」年輕的老外始終拿不定主意，只好做出這個決定。

約翰顯得非常失望，「這樣做是最穩妥的辦法了，雖然我們沒什麼機會，但不管軟盟什麼打算，也不管華維是什麼打算，我們同樣也不會讓他們得逞。如果耽擱下去，怕是什麼都晚了！」

年輕老外也有自己的打算，上次他不聽約翰的勸，看到軟盟內耗，就派人去竊取了軟盟的資料，結果卻是偷雞不成蝕把米，惹得總部雷霆震怒，要是自己這次再弄錯了，可就沒機會再爬起來了。此外，他並不認為約翰給自己出這樣的主意是為了自己好，自從他做了中國區的總負責人，約翰就一直嫉恨在心了，所以，他這次顯得非常謹慎。

「就這樣吧！」年輕老外一抬手，「約翰，你去聯繫總部，把我們剛才分析的這一切告訴總部！」

約翰嘆了口氣，「好吧，誰讓你是負責人呢！」說完，約翰便準備離開。

他剛邁動步伐，旁邊的一台電腦突然嗶嗶叫了起來，年輕老外回頭一看，道：「軟盟有新消息了！」

約翰一聽，就站住了腳步，想看看到底發生了什麼事。

幾個操作員迅速回到電腦前，啪啪一敲，道：「軟盟的官網發出消息，斯捷科公司已經和軟盟達成協議，將以十八億美金買下未來兩年軟盟策略級產品在俄羅斯境內的所有業務。」

「晚了，一切都晚了！」約翰突然嘆了一口氣，「斯捷科的底子我們比誰都清楚！」

「什麼意思？」年輕老外問道。

「斯捷科用十八億買下自己的市場，那就意味著別人要花上一百八十億，甚至是一千八百億來救贖自己的網路！」約翰痛苦地閉上眼睛，「我們再和軟盟鬥，已經沒有勝算，我會以個人名義向總部建議，讓他們放棄打擊軟盟的計畫，去爭取和軟盟合作，這樣或許還能夠挽回一些局面。」

「怎麼會這樣？」年輕老外傻在了電腦前，「上次斯捷科去談收購的事，明明被軟盟給轟走了，怎麼會……怎麼會這樣呢！」

「劉嘯是個可怕的人，他騙了我們所有的人！」約翰看著年輕人，「我們都被他牽著鼻子走了！」

「嗶嗶，嗶嗶！」電腦再次發出提示聲。

「什麼事？」約翰問道。

年輕老外點開一看，露出了非常吃驚的表情，「怎麼可能？」

「怎麼了？」約翰上前兩步，想看看電腦上的訊息。

「軟盟的大股東，辰瀚集團的熊漢臣，準備出售自己手裏四成的軟盟股份！」年輕人顯然不能理解，「熊漢臣這個時候為什麼要拋棄軟盟呢？」他捏著自己的腦袋，「我已經完全亂了，這個劉嘯根本不按照常人的思維出牌，這些中國人腦子裏到底是怎麼想的！」

約翰自稱最瞭解中國人，可這回他也困惑了，熊漢臣在軟盟最低谷的時候購進股份，無非就是想獲利，而現在軟盟剛剛和斯捷科達成協議，出售業務的事剛開了個好頭，可以說軟盟的好日子才剛剛開始，可為什麼熊漢臣會著急著宣布出售股份呢？他是想利用這個機會套現一大筆錢呢，還是認為軟盟前途渺茫，沒必要繼續持有股份呢？

約翰現在徹底糊塗了，他甚至又把剛才自己認為已經是毫無懸念的問題又翻了出來，難道軟盟真的丟了核心技術，還是有人跟在自己屁股後面又把軟盟抄了一遍嗎？

「怎麼辦？」年輕老外看著約翰，「我們是出手還是不出手？」

約翰到底是經驗豐富，只一會工夫，他便穩定住了自己的情緒，把利害關係理出個頭緒來。

「我們和軟盟鬥了這麼久，無非就是衝著他們的股權和核心技術去的，這麼長時間我們也沒得手，可現在股權突然擺在我們面前，反倒讓我們有些不敢相信。我相信此時我們的那些同行一定也亂了陣腳，短時間內他們也不敢貿然行動的。竊取軟盟資料的是我們，到底有沒有拿到核心技術我們最清楚，我認為我們現在應該立刻派人去和熊漢臣接觸，在其他人還沒回過神之前，爭取用最低價拿到這些股權。熊漢臣收購軟盟只用了幾千萬美金，我們給他雙倍的價格，相信他會很痛快答應的！」

年輕老外此時也沒有更好的主意了，一咬牙，「好，事不宜遲，你馬上派人去和熊漢臣去談！」

「這事我親自去談！」約翰主動請纓，不過他倒不忘吩咐年輕人，「記住，如果我沒有談成的話，你立刻安排人去推高價格，高到所有人都無法接受，只要別人也得不到，我們以後就還有機會！」

「我明白！」年輕老外點著頭。

約翰一摸鼻子，走了出去，地下室的燈光隨之一暗。

約翰第一時間坐上前往封明的飛機，趕去和熊漢臣商量收購軟盟股權的事，速度可謂是夠快了，可令他沒有想到的是，這次有人走在他的前面。

就在熊漢臣表示了自己願意出售軟盟股權的半個小時後，國家資訊產業部第一時間發出聲明，表示願意出資購進熊漢臣手裏的軟盟股權，並且以後還會繼續購進軟盟的股權，以達到控股的目的，讓軟盟成為資訊產業部直屬的中央企業。

可惜約翰在飛機上，沒能第一時間獲知這個消息，否則他一定會驚訝地從飛機上掉下來。

在他眼裏，中國官員和政府的辦事效率一向很慢，總是拖拖拉拉，即便是決定了的事，也會有各種繁瑣的手續，所以，就算是中國方面想收購軟盟的股權，估計也得過個一年半載的，那時候軟盟姓什麼都很難說了，可這次卻不同，約翰的噴射飛機竟然也被甩在了後面。

等到約翰在封明落地，他收到的就不止是這一條消息了，封明和海城的市府也表示對軟盟的股權有興趣，市府考慮以一種全新的合作方式購進軟盟的股權，而軟盟的官方網站也發表了聲明，軟盟將以公司的名義回購自己的股權，而且已經派人去和熊漢臣商議了。

「瘋了！絕對是瘋了！」約翰看著這幾條消息，頓時怔在了機場的出口，他不知道自己還要不要再去和熊漢臣接觸，因為自己已經失去了機會。

比約翰還要吃驚的，就是劉嘯了，他原本是等熊老闆一宣布這個消息，就馬上派人去散佈一些捕風捉影的消息，推高價格，讓別人沒有可趁之機。可他還沒來得及行動呢，資訊產業部的官方聲明就出來了，這把劉嘯嚇了一大跳，難道資訊產業部是玩真的，他們不會真的想把軟盟招安吧？這可不是劉嘯原本的意圖，事情有些大大不妙啊！

沒等他弄清楚是怎麼回事，封明和海城也摻和了進來，要和資訊產業部叫板，大家似乎都是志在必得的樣子，劉嘯看事情越來越複雜，只好先宣布軟盟準備要回購自己的股權，至於到底是怎麼回事，只能慢慢去弄清楚了。

「怎麼會這樣呢？」劉嘯坐在那裏納悶。

除了上次資訊產業部給軟盟頒發過一塊牌匾之外，軟盟就再沒有和資訊產業部有過什麼接觸，他們一向高高在上的，怎麼會對軟盟這個小公司感興趣，又怎麼會知道軟盟的策略級產品到底有什麼價值？再說，熊老闆剛一發出消息，資訊產業部便第一個做出回應，他們肯定事先就得到了消息，而且是有所準備，不然不會反應這麼快。

「他們怎麼知道的呢……」劉嘯撓著腮幫子，自己已經夠保密了，除了熊老闆，沒人知道這事啊，最後他想起來了，上次方國坤來找自己，自己正好在跟熊老闆通電話，好像提到過這事。

劉嘯一下站了起來，肯定就是方國坤，能夠搬出部級單位來的，也就只有方國坤能辦到。

他這是什麼意思呢，是真準備要收購軟盟，還是在幫軟盟？如果是他說服資訊產業部來收購軟盟，那只能說明方國坤是個識貨的人；可如果方國坤是在暗中幫助軟盟，那方國坤就可以用「可怕」兩個字來形容了，自己當時只不過隨口一說，他就馬上能猜到自己要幹什麼，早早安排好了一切，就等著自己出招，這種人太厲害了。

劉嘯在辦公室來回踱了幾圈，有些心煩，如果這些政府單位準備收購軟盟，那就麻煩了，做生意就是做生意，做技術就是做技術，自己可不想軟盟變得跟某些國有企業一樣政企不分，做生意跟做官一樣，那樣軟盟還不亂套了！

走出辦公室，公司裏的人此時也在議論紛紛，不管發生什麼事，大家都不會覺得稀奇，只是熊老闆此時要出售股權，就讓大家有些不可理解。雖然外面媒體是把軟盟貶低得不成樣子，但軟盟的贏利卻是節節高攀，投資才剛開始見回報，就要拋售股權，熊老闆腦子肯定進水了，不然怎麼會如此想不開呢。

「劉總！」員工看見劉嘯出來，就問道：「咱們回購股權的事，到底是不是真的？」

劉嘯笑說，「當然是真的，我都已經派人去封明和熊老闆商量了。」

「那太好了！」員工們頓時議論開了，軟盟回購股權，就意味著公司回到了自己手裏，說不定自己還能分到一股呢，以後養老就不成問題了。

「行了，趕緊回去幹活，現在可是工作時間！」劉嘯笑著揮散員工，「大家好好幹，股權拿回來後，每個人都有份！」

「好耶！」員工區發出一陣歡騰，照軟盟現在的盈利率，每年的分紅要比工資高出很多，雖然股權還沒到手，大家都開始歡呼慶祝，給自己幹活的感覺和給人打工畢竟是兩種完全不同的感覺。

劉嘯看大家都回到座位上拼命地敲鍵盤，不由笑著直搖頭，其實他早有分配股權的打算，只是現在強敵環視，他不能冒險，但等這次的事情結束後，這件事就應該可以被提上議程了。

瑞士，F•SK大廈的機密會議室。

金髮老外和幾個人正坐在圓桌前，他們都看著同一個方向，會議桌不遠處，正用三D技術顯示出約翰和他那個年輕搭檔的立體實像，利用OTE的設備和系統，可以實現遠端無障礙會議，一切就像真的一樣。

「看來派你去中國，真是一個失誤！」金髮老外面色陰沉，盯著那個年輕老外的實像。

「非常抱歉！」年輕老外的頭像隨即低下了頭，「我辜負了公司的期望，是我搞砸了一切！」

「從現在起，約翰重新接管公司在中國的一切業務！」金髮老外盯著那年輕人，「你即刻啟程返回總部，聽候處置！」

「是！」年輕老外應了一聲，往後退了一步，不再說話。

「約翰！」金髮老外轉而看著約翰，「我同意你的建議，現在就由你負責去和軟盟談判，爭取和他們合作，一定要表示出極大的誠意，讓軟盟給我一個比斯捷科還要優惠的合作價格，我們需要軟盟的策略級產品，而且是一大批，你明白嗎？」

「我明白！」約翰摸了摸鼻子，「但是要拿到比斯捷科還要便宜的價格，我估計有些難度！」

「哦？」金髮老外看著約翰。

「現在需要策略級產品的不止是我們，根據我的估算，如果軟盟真的殺入俄羅斯市場的話，一年的收益應該在二十億美金以上，而他們最後卻以十八億的價格把兩年的收益拱手送給斯捷科，這擺明了就是放小吃大，他要吃的就是我們！」約翰一皺眉，「我想這個價格非但不會降，反而會漲！」

金髮老外也是皺眉，F・SK已經私下和歐洲許多個國家達成了口頭協議，F・SK保證要在半年內將這些國家的網路安全水準也提升到策略級水準，可現在軟盟卻遲遲拿不下來，一個利潤高達幾十億，甚至是上百億歐元的大蛋糕，自己現在是看得卻吃不得，金髮老外怎能不著急。

「那你認為應該怎麼辦？」金髮老外問道。

「靜觀其變！」約翰答，「現在這一切都是軟盟的圈套，不管我們怎麼做，最後贏的都是軟盟。我們只要參與進去，就必須答應軟盟開出的高價，否則沒有一絲的機會，軟盟也希望有更多的人參與進來，這樣他們的價格就會水漲船高，就算他們不出售產品，也能賺到同樣多的利潤。」

「我們需要策略級產品！」金髮老外看著約翰，「我們和客戶有協議！」

「這種情況不會持續太久，當價格追漲到人家無法接受的時候，大家就會冷靜下來，那時候我們再出手，成功的機會會大很多！」約翰看著金髮老外，「我想我們應該重新建立攻守同盟！」

「你是要讓我去說服那些客戶嗎？」金髮老外有點不高興，「就算客戶能等，你認為他們的網路能等下去嗎？俄羅斯和北約盟國的民間駭客大戰還在繼續，他們的網路已經一天十遍地向我們求救了，如果再拖多一天，我怕他們都會拋棄我們！」

約翰皺著眉，一切都被軟盟算計在內，讓你只能隨著他去起舞，不由自主，欲罷不能，約翰嘆了口氣，「那我們只能向熊漢臣的那四成股權下手了，就算花再多一點錢，也比購買那業務划算多了。軟盟這是要趁機綁架更多的人，在安全領域內，甚至沒有一種安全技術能夠持續領先一年，而軟盟出售的業務，最低年限都是三年，只有斯捷科除外。他這是要把所有人的利益和軟盟捆綁在一起，只要讓他達成，今後不管誰朝他下手，根本就是癡人說夢，沒人能撼動如此龐大的一個利益集團。」

「天才！」金髮老外聽完約翰的分析，也不禁為劉嘯的計畫所驚訝，這絕對是一個天才，不光在技術上是天才，在行銷上同樣也是天才，一個小小的公司，甚至都還沒有殺出自己的國境，就已經讓全世界陪著他瘋狂了，「那就按照你的計畫，和熊漢臣聯繫，不管出多高的價格，一定要拿下這四成的股權！」

「我明白了！」約翰摸了一下鼻子，「還有一件事……」

「怎麼回事？」會議室裏的人一下呆住了，約翰的三D影像竟然突然消失了，是約翰切斷了聯繫，還是發生了什麼意外？

「砰！」會議室的門被推開，史密斯走了進來。

「史密斯，怎麼回事，為什麼通訊會中斷？」金髮老外站了起來。

「我們系統再次崩潰，目前正在尋找原因，我們和所有分公司都失去了聯繫，估計分公司的系統也崩潰了！」史密斯都不敢看金髮老外了，「初步判斷，還是病毒爆發！」

「病毒！」金髮老外惡狠狠看著史密斯，「那些垃圾檔不是早被處理掉了嗎，怎麼還會有病毒？」

「那些垃圾檔早就處理了，今天的病毒可能和那些檔案沒有關係！」史密斯看著金髮老外，請示道：「你看要不要讓ＯＴＥ的人過來？」

「廢物，都是廢物！」金髮老外拍著桌子，「我養你們這麼一大群人，就是要確保我的系統安全無恙，而不是每次都得另外花一千萬歐元找人來修復！」

「這次的病毒比上次的厲害，感染之後就開始迅速吞噬我們電腦上的一切資料，不過好在OTE系統有資訊防護功能，損失不算嚴重，但因為一些關鍵伺服器被感染，已經喪失了功能，我們的系統就陷入了癱瘓狀態！」史密斯說道。

金髮老外忍不住抄起桌上的一個東西就朝史密斯砸了過去，「站在這裏等死嗎？還不快去聯繫OTE？」

好在史密斯護住了臉，可惜他的手就被砸出了一個血口子，此時他也顧不上看傷得怎樣，匆匆忙忙聯繫OTE去了。

半個小時後，戴志強又來了，在聽完史密斯的說明後，他拿出一個工具，對所有感染的病毒進行了資料的分析，最後找到了病毒源，是一台員工的電腦，戴志強打開這台電腦的時候，這台電腦上所有的資料已經吞噬得乾乾淨淨，什麼也沒有了。

「你在電腦上最後的操作是什麼？」戴志強把那個員工叫到了跟前。

「從分公司的網站上下載一份報表！」員工答。

戴志強點了點頭，讓那位員工把操作重複了一遍，就見那員工打開了SK旗下一個分公司的網站，在裏面找到了一份上季度的財務報表，然後下載回來準備參考，結果一打開，電腦就當機了，隨即其他員工的電腦相繼崩潰。

戴志強看完整個過程，就從自己的公事包裏掏出文件來，「你們的員工在下載到陌生檔後，沒有按照要求對檔案進行防毒處理，違反了安全守則，責任不在我們的系統上，這是責任聲明書，麻煩你們簽個字！」

金髮老外早知道又會是這一套，OTE永遠都不會有責任的，所以就接過來刷刷幾筆簽好，遞還給戴志強。

「戴先生，我們安裝有最新的防毒軟體，為什麼還會中毒？這到底是什麼病毒，和上次的那種病毒有沒有聯繫，是不是上次你沒清理乾淨啊？」

「我們收了你的錢，自然會幫你把事辦好！」戴志強把文件塞回檔案夾，「這次的病毒和上次的病毒完全不一樣，純粹是破壞性質的病毒！恕我直言，我看你們是得罪什麼人了！」

「怎麼說？」金髮老外有些意外。

「夾帶了病毒的檔案是放在你們旗下的一個公司的網站上，也就是說，誰都可以點閱，也可以下載下來觀看，但至今未知，我們還沒有收到任何有關這種病毒的報導，也就是說，這種病毒只在你們F・SK的企業網內才會傳播感染。」戴志強看著金髮老外，「對方的目標很明確，病毒的攻擊性又這麼強，我想除非是和你們F・SK有什麼過節，不然不會這麼做的！」

金髮老外立刻就想到了軟盟，F・SK的仇人是不少，但能夠給F・SK製造麻煩的，也就只有軟盟了，估計也只有他們，才會做出這種事來，早就知道劉嘯是個有仇必報的人，如果F・SK竊取資料的事被軟盟知道，軟盟肯定是會報復的。

「我建議你們檢查一下F・SK旗下所有企業的電腦，不管是外部網站還是公司內部網路，任何一個檔都要查看到，防止對方還在其他地方做了手腳，而且今後一段時間內，你們都得加強防範，否則難保這種事情還會再發生！」戴志強說完，嘆了口氣。

金髮老外這下傻了，恨恨地咬著牙，如果真是軟盟幹的，那自己這回可是捅了個馬蜂窩啊，除非把軟盟弄死，否則今後永遠沒有安生日子了。

「那你們有沒有辦法查到病毒是誰做的？」金髮老外問道，他得確認自己到底是不是栽在軟盟這個蘿蔔坑裏了。

戴志強搖頭，「這個很難說，病毒吞噬了所有線索！」

金髮老外也沒主意了，只得道：「那麻煩戴先生幫我們清理一下病毒，另外，還得把我們之前的資料都恢復過來！」

「這沒有問題，我們的系統帶有資訊防護模組，只要病毒清理乾淨，之前的資料都可以恢復！只是……」戴志強又開始打開公事包，「我們公司的規定……」

「我知道，一千萬歐元！」金髮老外先說了出來，「你放心，錢不是問題！」

戴志強笑呵呵地把合約掏了出來，遞給金髮老外，然後道：「另外，有件事我得通知一下你們，三天後，我們要對F・SK的這套辦公系統進行升級，時間大概要半個小時左右，請你們安排一下，確認了時間就告訴我們一聲！」

「要升級什麼東西？」史密斯問道。

「是系統的安全模組，以前的安全模組過於老舊，用來對付現在日新月異的駭客手段，已經顯得有些吃力，我們準備對其進行升級，換上更為安全有效的軟盟策略級引擎！」戴志強說，「詳細的升級公告，我們稍後會傳真過來！」

戴志強這話一出，金髮老外和史密斯同時驚叫一聲。

「怎麼了？」戴志強奇怪地看著這兩人。

兩人能不驚訝嗎，這次的病毒事件，八成就是軟盟幹的，自己現在是躲軟盟防軟盟都還來不及呢，如果真把整個企業的安全核心換成軟盟的策略級引擎，那不等於就是引狼入室嗎，這以後還能有踏實日子過嗎？

「我記得貴公司當年在設計這套系統時，曾說系統的安全模組是世界上最先進的，交付之後，我們一直都用著挺好，從來沒發生過什麼大的駭客事件，為什麼要突然升級成軟盟的策略級引擎呢？」金髮老外問道。

「因為軟盟的策略級引擎，在安全性能上確實要比我們自己的好上一些，為了給客戶提供更好的安全服務，我們ＯＴＥ花大錢從軟盟購進了策略級引擎的開發授權。不過你放心，這次的升級是完全免費的，你們不必花一分錢，就可以體驗到策略級的安全體驗。」戴志強以為金髮老外是擔心又要花錢呢。

「錢倒不是問題，只是……」金髮老外沉吟著，沒說話。

第二章　病毒風暴

金髮老外約了兩人一起來，就是想讓他們共同想個辦法，杜絕類似的事情再次重演，可他剛把兩位專家請到會議室，沒説兩句話，史密斯就匆匆敲門進來，公司的網路再現病毒風暴，公司的辦公系統再次崩潰。

一旁的史密斯當然明白他的意思，開口道：「戴先生，軟盟的策略級是好一些，但它畢竟不是貴公司親自開發設計的，不能知根知底，在和整套系統的磨合上，會不會出現什麼問題呢？」

「這個不會，我們已經經過了嚴格的測試，採用策略級引擎之後，不光是安全性能可以提升百分之八十以上，系統的穩定性和執行效率，也可以提升百分之二十以上！」戴志強笑說，「軟盟的策略級引擎可真是個好東西，能做的事情很多，並不僅僅限於安全方面。」

戴志強不說還好，這一說，簡直就是在刺激金髮老外和史密斯，這麼好的東西，自己卻得不到，反而還得躲著。

「這個……」史密斯有些為難，「能不能把我們的升級日期再推後一些呢，最近連出兩次故障，公司的正常運作大受影響，如果此時再中斷系統進行升級，我怕會產生一些負面的影響。」

「隨你吧！」戴志強笑著搖頭，「你們是上帝，什麼時候決定好了，就什麼時候通知我們便是！」

「戴先生，我有個很外行的問題！」金髮老外突然看著戴志強，「你剛才說策略級引擎可以做很多事情，能不能具體說說？」

「我那也是順口說的，其實要讓策略級引擎做其他的事情，也沒那麼容易，需要對策略級引擎的最底層部分非常熟悉，可惜這部分軟盟並沒有公開，我們也只是得到了其中很少的一部分資料。策略級的邏輯判斷部分是我見過最先進的一種技術，它可以做出一些簡單的擬人化邏輯分析和判斷，要是把這種技術用在人工AI開發、決策系統，或者是過程優化上，將會有更大的前景。」

金髮老外點了點頭，像是下了一個什麼決心似的，「謝謝戴先生的回答！對了，我們這系統不能老是被病毒給擊垮，戴先生能不能在預防方面給我們提點建議？」

「最好的建議其實你們自己就有啊！」戴志強笑說。

「呃……」兩人都有些愕然。

「我看你們機房門口的牆壁上張貼有安全守則，我認為這就是最好的建議！」戴志強說完一頓，道：「另外，你們的防毒軟體不行，是大品牌的產品沒錯，但執行效率低下，漏殺漏報的很多，是屬於即將淘汰的一種技術產品，我建議你們更換更好的防毒軟體，這樣可以有效防止病毒的入侵。」

「戴先生能不能給推薦一款？」史密斯問。

「我們ＯＴＥ並不涉及反病毒領域，對這方面也只是大概瞭解，實在是沒有什麼發言權！」戴志強沒有推薦，他可不想因為自己的話惹麻煩。

「戴先生太謙虛了，你儘管推薦就是，至於最後採用不採用，也是得我們自己拿主意！」金髮老外這話的意思，就是說今後就算出了問題，也和戴志強無關。

「既然非要我說，那我就說幾個吧！」戴志強想了一下道：「現在國際上新出現的一種反病毒技術，就是主動防禦型，一種結合了病毒特徵碼判斷和病毒行為分析的一種全新防毒方式，這會成為今後的主流技術，在這個平臺上，全球各大反病毒廠商都有推出自己的產品，想找一款這樣的產品並不難！」

戴志強頓了頓，「其實這些產品在性能上都差不多，要是我自己選擇的話，我會從賽門鐵克、ESET和易成軟體中選擇一個，比較而言，易成軟體的主動防殺技術更為成熟一些，防殺效率也更高，但不足的是，他們是個小品牌，沒有一套像樣的全球反病毒監測網，所以在既有病毒的防殺上，他們反而要吃虧一些。不過好在他們已經併入了軟盟，有了軟盟的支持，組建一套更為強大的反病毒監測網路，也是指日可待的事，將來誰勝誰敗，誰能主導全球反病毒市場，還真是很難說。」

金髮老外和史密斯在聽到「軟盟」兩個字時，腦袋一下就木了，後面戴志強說什麼，他們都有些聽得不大清楚了，還真是陰魂不散啊，不管做什麼，總能和軟盟扯上關係，他們此時感覺自己就像是進了一個迷宮，有千千萬萬個軟盟站在自己前面，讓自己繞來繞去總也找不到出口。

但是，令他們驚訝的事還沒完，戴志強後面的話才真的是叫他們崩潰。

「不過，易成軟體已經把行銷交給了軟盟去做，他們的產品目前只在中國國內市場上穩紮穩打，絲毫沒有打入國際市場的意思，甚至還效仿之前軟盟的做法，全力撲殺流到國外的盜版。如果你們想採購他們的產品，估計得去和軟盟商量了。」

戴志強剛說完，他的手機響了幾聲，他拿起來一看，笑道：「好，錢我們已經收到了，我要開工幹活了！」說完一伸手，示意史密斯帶自己進機房。

等史密斯和戴志強一離開，金髮老外一招手，喚過一名屬下，「立刻電話聯繫約翰，告訴他，總部賦予他在資金使用上的最高許可權，要他無論如何，都要拿下軟盟那四成的股權！」

「是！」那人一應，迅速離開，去執行金髮老外的命令了。

金髮老外此時是下了狠心，這次說什麼也要拿到軟盟的股權，哪怕是虧本也要得到，戴志強的話給了他足夠的理由和信心，控制軟盟，就相當於是控制了未來很長一段時間內的網路安全走向，這個市場每年的利潤高達數百億美金，現在付出的雖然多了一些，但以後得到的回報也會很多，總比什麼也得不到的強。

可惜的是，他能看到這點，別人也能看到，他的那幾個同行此時也都派出專人去和熊漢臣聯繫，同樣是死令，必須要得到軟盟的那四成股權。

軟盟員工現在茶錢飯後的談資，就是看自己公司的股權到底值多少錢，中午吃飯的時候，休息區又聚集了一大批人在聊天打屁。

「劉總！」員工們鬧完了，把注意力轉移到一旁喝茶看報的劉嘯身上，「現在別人都出那麼高的價格了，咱們回購股權的事還有希望沒？」

這下沒人鬧了，都看著劉嘯，等著回答。

劉嘯放下報紙，「咱們不是剛收了斯捷科十八億嗎？那錢沒別的用，就是專門辦這個事的，你說有沒有希望？」劉嘯笑說，搖了搖頭，繼續看報紙。

報紙上也全是關於這事的報導，國內很少出現這種競買局面，特別是一些官方政府的參與，更是讓整個事情鬧得沸沸揚揚，劉嘯嘴上說的輕鬆，其實心裏卻是很發愁，他有些弄不清楚這些官方的態度。

員工們不知道劉嘯的煩惱，聽劉嘯這麼說，又是一陣歡欣，看來回購的事還真是大有希望啊。

業務主管走到劉嘯身旁坐下，低聲道：「現在這麼多人爭著買咱們的股權，之前那些詆毀咱們的謠言都已經不攻自破了，但又有一個新問題！」

「什麼問題？」劉嘯再次放下報紙。

「那些眼看著購買股權沒有希望的人，就把目光又重新轉移到咱們的那些業務上了，今天早上來了幾個公司，他們接受咱們開出的價格，要買下咱們的業務！」業務主管看著劉嘯，「你看這事怎麼辦？咱們的目的已經達到了，到底還要不要繼續賣掉這些業務？」

「賣！」劉嘯毫不遲疑，「你再稍微拖幾天，看看情況，如果買的人多，而且都有實力，咱們就賣，不過三年的期限絕不能鬆口。還有，歐美的策略級市場先不急著賣，我們必須讓他們痛到骨頭裏，只這一次，就要讓他們永遠也忘不了這感覺，讓他們以後連提都不敢提軟盟的名字。」

「那行，我知道該怎麼辦了！」業務主管點著頭，有了劉嘯的這個態度，他辦起事來心裏就有底了。

正說著，商越走了過來，湊到兩人跟前，「那七個公司的底，我都查清楚了！」

「辦公室談！」劉嘯站了起來，示意兩人去自己的辦公室。

「這七個公司都是名副其實的大財閥，投資的行業五花八門，上到銀行期貨，下到日用百貨，他們大到了無法想像。」商越頓了一頓，想想要怎麼才能把話說清楚，「這樣來說吧，這個世界上所有的產業最後可以歸納成三十八種，而這七個財閥旗下的企業，分別佔據了三十八項產業中十三項的前三名，這些行業可以說是基本被他們所左右了，財富在這些人手裏高度集中，他們還和許多國家的政權都有著千絲萬縷的關係。」

「他們再怎麼勢大，不也有控制不到的事情嗎？」劉嘯笑著，「比如我們，他們就控制不到！」

商越看著劉嘯，「根據我得到的消息，這七個企業已經和很多歐美國家暗地裏達成了協議，說要在半年之內，要把這些國家的網路安全提升到策略級水準！」

劉嘯冷哼一聲，「他們倒是挺積極，策略級產品都還沒拿到手呢，就先把市場給瓜分了！」

「那你準備怎麼辦？」商越問。

「這事你們不用管了，我來處理！」劉嘯沒說怎麼辦，「你一會兒把所有關於這七個財閥的資料交到我手裏就行！」

「那我現在就給你拿過來！」商越也沒多問，就出了劉嘯的辦公室。

業務主管撓著頭，一臉訝異，「世界上會有這麼厲害的企業？」

「你不知道、沒聽說過的，並不代表不會存在！」劉嘯笑說。

「劉總，和這麼大的企業鬥，你難道一點都不會害怕嗎？」業務主管問，他有點擔心啊。

「害怕？」劉嘯笑著搖頭，「我倒是想害怕，可害怕頂什麼用？」

劉嘯此時倒是非常想感謝一個人，那就是邪劍，當年劉嘯剛出校門，接的第一份活，就是張氏的項目，當聽說對手是邪劍的時候，他被嚇得雙腳發軟，可他怕什麼，偏偏就來什麼，邪劍盜走了劉嘯的開發報告，反過來狠狠將了劉嘯一軍，從那時，劉嘯就明白了，害怕是不管用的，人一害怕，心態就會失衡，總覺得低人一等，辦事也會縮手縮腳。如果不是這個教訓深刻，也就不會有後來的力拼華維，更不會有現在的這個有利局面。

「你剛才還說別人說那沒出息的話，我看你也不怎麼樣！」劉嘯笑著坐回到自己的椅子上，「他們是比咱們有錢，這沒有錯，可那又怎麼樣？他們再有錢，也買不到咱們的技術，他們再有錢，也照樣得趕著跑來給咱們送錢！」

「對對對！」業務主管拍著腦袋，「瞧我這沒出息的樣！」

F‧SK的網路第三次癱瘓時，他們卻沒有急著去聯繫OTE，因為就在系統崩潰前的幾分鐘，戴志強剛好來了，他是為安全模組升級的事來的。一同前來的，還有賽門鐵克的一位歐洲區專員，他是為F‧SK的電腦反覆中毒的事來的，因為F‧SK之前採用的就是他們的產品。客戶的電腦反覆中毒，而自己的防毒軟體竟然一點作用也沒有，這令賽門鐵克也非常尷尬。

金髮老外約了兩人一起來，就是想讓他們共同想個辦法，杜絕類似的事情再次重演，可他剛把兩位專家請到會議室，沒說兩句話，史密斯就匆匆敲門進來，公司的網路再現病毒風暴，公司的辦公系統再次崩潰。

史密斯說完，看著戴志強，想讓戴志強趕緊想辦法。誰知戴志強卻看著賽門鐵克的人，「這不是剛好有位病毒專家嗎，就請賽門鐵克的這位專家幫你們分析分析，找找原因！」

賽門鐵克的人極度頭痛，前兩次的事情還沒解釋清楚呢，又來一檔子事，這F・SK的電腦到底怎麼了，怎麼會如此高頻率地爆發致命病毒呢？

「好，咱們一同去看看，看到底是怎麼回事！」

幾人一起來到控制室，賽門鐵克的專家便走到電腦前開始分析，戴志強站在幾步遠的地方觀察著，想看看對方到底要怎麼辦。

金髮老外皺著眉看了一會兒，發現根本看不明白，便也退後幾步，看著一旁的戴志強，「戴先生，看來我們是該更換反病毒軟體了，你上次說的那個易成軟體，我最近正在考慮！」

戴志強只是唔了一聲，不置可否，可賽門鐵克的專員卻全身一顫，這可不是什麼好消息，F・SK是賽門鐵克的一個大客戶，公司在歐洲的銷售，不少地方都要仰仗F・SK的關係，金髮老外現在這麼說，明顯是對賽門鐵克的產品失去了信心。

這位賽門鐵克的專員此時把戴志強給恨死了，他沒聽說過什麼OTE，也不知道戴志強是什麼來歷，他只知道這個戴志強多嘴多舌，不然F‧SK又怎麼會知道易成軟體這個名字呢。

「我們中國區的負責人傳來消息，說軟盟的一位大股東要出售手裏的四成軟盟股權，上次聽完戴先生對軟盟的一些介紹，我覺得這個公司非常有前途，所以有意購進這四成的股權，戴先生認為如何？」金髮老外又問道。

「你說的是辰瀚集團的熊漢臣吧？」戴志強問道。

「咦？沒想到戴先生對於中國發生的事也這麼清楚？」金髮老外有點意外。

「我也是中國籍，雖說現在人在歐洲，但會經常關注那邊的消息，此外，軟盟是我們OTE的合作夥伴，而熊漢臣的辰瀚集團剛好又接下我們OTE在中國的基礎建設工程，所以，我對他們有些瞭解！」戴志強作了解釋，接著道：「軟盟確實是個非常有潛力的企業，F‧SK能對它有興趣，足見閣下眼光銳利！」

「這麼說，戴先生也贊同我們購進軟盟的這四成股權？」金髮老外問。

誰知戴志強卻搖了搖頭，「我不贊同！」

「為什麼？」金髮老外大感意外。

「我認為這是一件不可能的事！」戴志強聳了聳肩。

「為什麼不可能？」金髮老外再次追問，「我們F·SK可以開出比任何人都要高的價格。」

戴志強聽了說：「看來你並不瞭解中國，在那裏，並不是錢多就可以買到自己想要的東西。」

「還請戴先生解釋一下，好讓我能明白這其中的玄妙！」金髮老外此時倒是不吝請教。

「根據我掌握的情況，熊漢臣和軟盟的掌門人劉嘯，兩人私交甚好，平日裏來往密切，他們的關係這麼好，那你想一想，此次熊漢臣要出售軟盟股權的事，事先要不要先和劉嘯商量一下呢？」

金髮老外點頭，「那肯定是要商量的！」

「我看非但要商量，而且在選擇買家的問題上，熊漢臣還會以劉嘯的意見為準，畢竟劉嘯才是決定軟盟命運的人。」戴志強笑說，「問題就出在這裏，既然已經商量過了，為什麼熊漢臣宣布消息之後，軟盟會立刻表示要回購股權呢？」

金髮老外也是一陣發懵，是啊，既然商量過了，而軟盟也有意回購股權，那直接私下裏把股權讓給軟盟就行了，何必多此一舉呢。

「退一步說，軟盟並沒有打算回購股權，他們這麼做，只是想推高價格，送熊漢臣一個順水人情，讓他多得到一些回報，如此一來，熊漢臣在選擇買家上，一定會更加堅決地聽從劉嘯的意見。」戴志強搖頭，「如果是這樣的話，那所有的外資品牌就都沒有希望了，因為劉嘯這個人骨子裏很高傲，而且有很深的民族情結，你們花錢買進軟盟的股權，就有資格對他指手畫腳了，這是他不能容忍的事。」

劉嘯是個什麼樣的人，F•SK研究得比戴志強更加透澈明白，所以一聽戴志強的分析，金髮老外就感覺事情有些不妙，自己這次太著急了，為什麼非要自己出面去購進那些股權呢，自己完全可以像上次那樣，找一些代言人替自己購進這些股權。想想封明和海城市府這次的反應，金髮老外更加感覺不妙，難道他們是自己同行選中的代言人嗎？

「所以我並不看好這件事，你們去找熊漢臣純屬白費力氣，他要是能答應把股權賣給你們，除非他和劉嘯反目成仇了，不過這種可能實在是太小了！如果你們真的對軟盟有興趣，我建議你們去找劉嘯開誠佈公地談，成不成就看你們怎麼表現了！」戴志強笑說。

「戴先生的分析很有道理，角度也很特別！」金髮老外微微頷首，「謝謝你的這番分析，這對我們很有幫助！」

「不客氣！」戴志強搖搖頭，「其實這些並不是我自己的觀點，我也不過是借花獻佛罷了！」

「呃？」金髮老外有些不解。

「在熊漢臣宣布要出讓軟盟股權的時候，我們ＯＴＥ也有購進的意思，後來我們的觀察員一分析，得出了這番結論，這件事也就被我們放棄了！」戴志強說完，轉過身繼續去看賽門鐵克專家手裏的動作。

金髮老外皺緊了眉頭，心裏有些亂，說到比誰更能砸錢，Ｆ‧ＳＫ還真的不是ＯＴＥ的對手，現在ＯＴＥ都覺得沒有希望，主動退出了，那Ｆ‧ＳＫ還有必要繼續堅持下去嗎？何況，Ｆ‧ＳＫ只是根據目前的形勢做出判斷，認為購進軟盟股權非常有潛力，而ＯＴＥ卻是和劉嘯、熊漢臣都有不淺的交情，有交情，他們也認為沒有希望，自己一沒交情、砸錢也砸不過ＯＴＥ，可以說是毫無優勢可言，耗下去也沒有什麼意思。

看來ＯＴＥ的分析沒錯，這只是劉嘯和熊漢臣聯手搞出來的一種策略，搞得自己團團亂轉，而軟盟卻按部就班完成了既定的目標，和斯捷科的合作，就已經把自己和那些同行逼到絕地。

此時賽門鐵克的專家離開了電腦，一臉詫異地站在了那裏，像是在思索著什麼。

「怎麼樣？」史密斯早就等不及了，「弄清楚沒有？」

「奇怪，病毒確實是存在的，但我卻找不到病毒爆發的源頭！」賽門鐵克的專家被難住了，「似乎到處都是病毒源頭，又似乎沒有源頭，我還是頭一回碰到這種奇怪的事。」

「那你們能不能把病毒清理掉？」史密斯急了。

「可以！」賽門鐵克的專家點頭，「給我一點時間，我可以清除掉病毒，但要是不找到病毒傳播的途徑和源頭，病毒很有可能還會再次爆發！」

「你們不是號稱自己是全球最好的反病毒機構嗎？」史密斯氣急敗壞地指著賽門鐵克的那個專家，「既然你不行，就把你們最好的專家給我叫來，不管用什麼方法，必須在一個小時內給我解決這個病毒的一切問題，否則，我們將終止和你們在歐洲的一切合作！」

史密斯不敢去吼戴志強，但恐嚇賽門鐵克的本錢還是有的！

「史密斯先生，請再給我多一點時間，我會完美解決這個問題的！」賽門鐵克的專員有些急了，額頭上都開始出汗，「我保證！」

「我不需要保證！」史密斯看著對方，「你知道這系統停止運轉一分鐘，我們的損失有多少嗎？我只能給你一個小時時間，如果一個小時後，你還不能解決的話，倒楣的不只是你，還有我，明白嗎？」

戴志強一旁看著，無奈地聳著肩，朝金髮老外送過去一個苦瓜臉。

「戴先生，如果你有辦法的話，就請幫幫忙吧，你總不能看著我們F・SK的損失一直這麼繼續下去吧！」金髮老外發出求援信號，「你放心，你那一千萬歐元不會少一分！」

戴志強搖著頭，「我今天是為系統更新的事來的，平時辦事的那些合同都沒有帶來！」說完他一咬牙，「也罷，這次我就算是私人幫你們一個忙，誰叫我們是合作夥伴呢！」

「那就多謝了！」金髮老外頓時喜出望外，看來這一千萬歐元算是省下了，「你真是我們F・SK最真誠的朋友！」

「那我就試試吧！」戴志強走到電腦前，用剛才賽門鐵克專家使用的工具仔細查看著病毒的情況，完了也是一臉納悶地站在那裏。

「怎麼？」史密斯頓覺不妙，趕緊問道：「有結果沒有？」

「奇怪，奇怪！」戴志強連道兩聲奇怪，道：「原來還真有這種病毒啊！」

一旁賽門鐵克的專家冷哼一聲，心裏暗自不屑，故弄玄虛誰不會啊。

「這位賽門鐵克的專家說得並沒有錯，這個病毒很奇怪，它只破壞宿主電腦本身，卻不會在網路中自動傳播，更讓人奇怪的是，你們的網路中卻大面積爆發了這種不會傳播的病毒，所以處處都是源頭，卻又都不是源頭。」戴志強嘖嘖稱奇道。

「那病毒是如何進來的，又怎麼感染了這麼多電腦？」史密斯也傻了，戴志強是在說笑吧。

「我看病毒的源頭不在你們的網路內部，這應該是一種借助第三方工具傳播的病毒！」戴志強說，「這種病毒的傳播方式非常罕見，我也是第一次碰到，之前我是在易成軟體的『病毒百寇』裡得知有這種病毒！目前全世界也只有他們曾經捕獲過一次這種病毒，那是一種借助網路搜索引擎YAHO來傳播的病毒，只要你在YAHO上搜索固定的辭彙便會中毒，因為易成軟體影響力太小，YAHO修復了這個漏洞並竭力縮小事件的影響，所以這個事情很多人並不知道。」

「那你認為病毒是借助什麼東西進來的？」史密斯問道。

「這個你們最清楚，如此大面積爆發，那病毒借助的第三方工具肯定是你們的必要工具，你好好想一想，你們的電腦上都有什麼軟體是常用且必須安裝的？」戴志強問。

「作業系統，還有你們設計的辦公系統……」史密斯說。

戴志強馬上打斷，「我們設計的辦公系統不會出問題的，我們修復了所有的漏洞。」

「那剩下的必備軟體就是賽門鐵克的防毒軟體了！」史密斯道。

這下輪到賽門鐵克的那個專員急了，他也是道：「我們的軟體也沒有任何漏洞，病毒根本無機可趁。」

「這東西很好測試的！」戴志強說，「你們找兩台電腦，一台安裝我們的辦公系統，一台安裝賽門鐵克的防毒軟體，將ＩＰ設在你們公司範圍內，然後進行一些操作，要是哪個中毒了，那問題就出在誰的身上！」

「我馬上安排！」史密斯二話不說，馬上著人安排去了。

「趕緊想辦法怎麼清除那些病毒吧！」戴志強看著賽門鐵克的那個專員，「你不會讓清理病毒的事也讓我來做吧！」

那專家冷哼一聲，逕自走到電腦前忙去了。

戴志強走到金髮老外前，看了看表，皺眉道：「看來今天是不能完成升級了，一會兒等測試結果出來，我就得回去了。」

戴志強又道：「我還是堅持我上次的判斷，F‧SK肯定是得罪什麼人了，這種病毒只出現在你們的企業網路內，看來你有必要去和你的對手好好談一談，要是這種事情經常發生的話，F‧SK也只能關門了，這麼一個龐大的企業，離開網路是無法運轉的。」

「謝謝你的建議，我會認真考慮的！」金髮老外嘴上說得很輕鬆，但心裏卻叫苦不已，光是這三次癱瘓事件造成的損失，就夠請OTE來做三次維護了。

「測試結果出來了！」史密斯快步走了過來，道：「問題確實是出在賽門鐵克的防毒軟體上，防毒軟體剛一執行更新病毒庫的操作，就立刻感染了病毒！」

「不可能！」賽門鐵克的專家對這個結果很不滿意，「怎麼會這樣？」

「看來我的判斷沒錯！」戴志強微微頷首，「應該是防毒軟體在更新病毒庫的過程中被人暗中『劫持』了，他們把病毒偽裝成防毒軟體的更新傳送了過來。沒事，你們只要把病毒清理乾淨，然後換上新的防毒軟體，應該就會沒事了。不過這並不能保證以後也沒事，這種病毒傳播方式，目前還沒有什麼很好的預防辦法，這次他們利用的是防毒軟體，下次他們很可能利用別的東西把病毒塞進來，除非你們公司以後都不接觸網路了。」

戴志強皺著眉道：「奇怪，你們到底得罪了什麼人呢，按說能寫出這種病毒的人應該是高手才對，做事怎麼會這麼極端呢！」

「謝謝戴先生的關心，我們會處理好的！」金髮老外說。

「行，那我就告辭了，如果有什麼需要幫忙的，就打個招呼！」戴志強看別人不願意說，也就告辭了。

戴志強一走，金髮老外的臉色就很不好看，對史密斯吩咐道：「你就在這裏，一個小時內必須把病毒清理乾淨，然後讓賽門鐵克的防毒軟體從T·SK徹底滾蛋，明白嗎？」

「明白！」史密斯趕緊應道。

金髮老外冷哼一聲，轉身離開。史密斯擦擦頭上的冷汗，又朝賽門鐵克的專家吼道：「你還愣著幹什麼，讓你只清理病毒已經算便宜你們賽門鐵克了，要是一個小時搞不定的話，你自己想想後果吧！」

金髮老外回到辦公室，電話聯繫了約翰，把戴志強的那番話轉述給約翰，然後道：「約翰，你和軟盟多次交手，你怎麼看這件事？」

約翰頓了一頓，「我們已經把價格推到了三十億，可能漢臣並沒有表現出絲毫的興趣，我想我們都上了軟盟的當，這是劉嘯的一個圈套。一直以來，軟盟都知道有一個強大的敵人在打壓他們，在逼迫他們就範，可他們卻不知道對手究竟是誰，這個圈套很有可能就是針對我們設下的，劉嘯是要讓我們主動現形。」

「你認為是這種可能？」金髮老外鎖眉沉思。

「我剛剛和ＤＮＡ的中國區負責人通過電話，他們總部的系統，今天也遭遇了病毒攻擊，癱瘓將近三個小時，至今沒有恢復過來，我想軟盟已經找到了自己的敵人，他們開始報復了！」約翰嘆了口氣，「我們竊取軟盟資料的事情，很有可能也被他們知道了！」

「那你認為現在應該怎麼辦？」金髮老外越發頭痛。

「軟盟能輕易把病毒送進我們的企業內部，他們想要竊取我們的資料，應該並不難，但他們卻沒有這麼做。我很瞭解中國人，他這是在告訴我們，軟盟已經看到我們了，他要讓我們立刻停止針對軟盟的動作，否則下一輪的報復會更加凶猛。」約翰頓了一頓，「目前我們的那幾個同行還沒有意識到這點，我想我們應該趕在他們前面，向軟盟發出和解的信號，這樣我們還可以爭取到相對有利的條件。」

「具體要怎麼做？」金髮老外問道。

「如果您同意的話，我想立刻高調宣布放棄收購軟盟股權的計畫，軟盟收到這個消息，就會明白我們已經沒有了敵意。」約翰也有些無奈，「我們還可以去購買軟盟策略級產品在歐洲的市場，但他們肯定會提價的，就算明知吃虧，我們也必須接受，否則等到訂單交付的日期，我們要是拿不出策略級產品，虧的會更多！」

金髮老外拿著電話在屋子裏踱了幾圈，最後一捶砸在桌子上，道：「我同意你的計畫，去做吧！」說罷，那個電話就被金髮老外摔了個粉碎。

第三章　一物降一物

事情的走勢完全出乎了我的意料，在劉嘯宣布要出售軟盟的時候，我以為劉嘯準備放棄了，誰知那些戰無不勝的超級企業，在劉嘯手底下竟然走不到三個回合便開始丟盔棄甲，這世上真的是一物降一物。

劉嘯第二天走進公司的時候，手裏還拿著早餐，邊走邊吃，嘴上油乎乎的。

前臺美眉每天都是最早到公司的，看見劉嘯這個樣子，就趕緊走過來，「劉總，一大早來了個客人要找你，現在正在公司裏呢！」她的意思是可別讓客人看到劉嘯這個樣子。

「呃？」劉嘯把東西咽下去，「什麼客人？」

「不知道，沒說！」前臺美眉搖著頭，「不過他說是要談一筆大生意。」

「你吃早飯沒有？」劉嘯問著，就把自己剩下還沒動的早餐都堆在了前臺美眉的桌上，「這些給你吃吧！」說完就朝公司裏走了進去。

「我減肥！不吃！」前臺美眉看著桌子上這堆東西，氣得直捏拳頭，又得自己來收拾了。

劉嘯看了看，發現小會議室裏坐著個老外，就走了進去，「你好，我是軟盟的劉嘯，請問你是……」

那老外趕緊站了起來，朝著劉嘯微微一欠身，就伸出手，「鄙人約翰，是F・SK企業中國辦事處的負責人。」

「F・SK？」劉嘯露出一副疑惑外加驚訝的表情，過去和約翰的手輕輕一碰，心裏揣摩著對方的來意，「請坐！」

「軟盟是海城新興企業中的佼佼者，我人在海城，卻一直未能過來拜會，還請你多多見諒！」約翰笑著，看劉嘯坐下了，他才坐下。

「約翰先生說笑了，F・SK是全球數一數二的超級大企業，應該我去拜會你才對！」劉嘯嘴上說得客氣，臉上卻一點表情也沒有，「不知道約翰先生親臨我們軟盟這個小公司，有何見教？」

約翰擺了擺手，道：「其實我這次過來，是有求於劉先生！」約翰一臉誠懇的表情。

「哦？」劉嘯有點意外，「我們軟盟只做安全防護，能幫上忙的也只有這方面……」

「就是要請劉先生在這方面幫忙！」約翰急忙說，「不瞞你說，我們F・SK的網路最近接連感染電腦病毒，導致網路多次癱瘓，損失很大，請了很多專家過去，個個束手無策。現在全球風頭最勁、技術最先進的安全企業，非軟盟莫屬，劉先生務必要幫幫忙，給我們指一條明路。」

劉嘯沒說話，他在揣摩約翰這段話的意思，是他們已經猜到這事和軟盟有關，過來警告一下呢，還是準備向軟盟妥協？劉嘯有點拿捏不準，因為他覺得自己還有很多準備好的招數沒來得及使出來呢，對方也還沒到承受不了的程度，好戲才開了頭，怎麼對方就不願意演下去了呢。

「劉先生！」約翰說，「我這次是受總部委託前來，我們是懷了極大的誠意的，請你一定要幫我們這個忙，如果連你們也無法解決的話，我想就真的沒人能幫到我們了！」

「我也很想幫你們，不過你也知道，我們軟盟的主要業務並不在病毒方面。再說，病毒也並不是很難解決的問題，在歐洲，有很多專業反病毒的企業，他們的水準不在我們軟盟之下，我不理解你們為什麼偏偏要選中我們！」劉嘯不敢冒然答應，他想探探對方的真實意圖，不會是給軟盟下什麼套子吧？

「並不是所有的病毒都一樣，有的病毒只能由合適的公司才能解決！」約翰看著劉嘯。

劉嘯點了點頭，這下他明白了，對方肯定是知道病毒的事和軟盟有關，「那你的意思，這種病毒只有軟盟才能解決？」

「對！」約翰點頭，「軟盟是全球最好的安全企業！」

「過譽過譽！」劉嘯笑著搖頭，「不過，我們軟盟也有自己的規矩，恰恰與約翰先生的想法相背，在我們眼裏，所有的病毒其實都是一樣的，但我們卻不會為所有的人去解決病毒的問題！」

約翰也點了點頭，劉嘯這話什麼意思，他也明白，就是說，不是誰花了錢，軟盟就會答應幫他解決問題，至於是什麼原因，約翰也是心知肚明，於是道：「我想我能給你一個理由，讓軟盟必須去幫助我們！」

「哦？」劉嘯看著約翰，有點不解，「什麼理由？」

「因為我們很快將會成為合作夥伴！」約翰非常認真地看著劉嘯，「公司的總部已經放棄收購軟盟股權的計畫，轉而要購買軟盟在歐洲的策略級產品市場。」

劉嘯這下就納悶了，難道F・SK這麼快就頂不住了，自己真的還沒有出狠招呢。劉嘯之所以想不通，是因為他不清楚F・SK的事業到底有多大，也不知道他們是多麼地離不開網路，離不開電腦。他們寧願被ＯＴＥ拿著大刀子宰，也不願意讓自己的網路停止哪怕是一秒鐘的運轉。

「你們真的打算購買我們策略級產品的歐洲市場？」劉嘯問道。

「是！」約翰點點頭，然後從公事包裏掏出一份文件，「這是總部草擬的一份協議，請你過目！」

劉嘯接過來掃了一眼，「協議有點長，麻煩約翰先生揀重點講。」

「之前我們收購軟盟股權的價格開到了三十億美金，現在我們準備再增加十億，購買貴公司策略級產品在歐洲的市場。」約翰看著劉嘯，「我想這個價格應該可以令劉先生滿意吧！」

「那你們買下來之後，是以軟盟的品牌經營？還是以你們自己的品牌經營？」劉嘯問道。

「當然是以我們自己的品牌！」約翰說道。

「那不行！」劉嘯搖著頭，「如果是這樣的話，那你們還得把價格翻一倍，否則我們不能接受！」

劉嘯這明顯是狠宰對方了，因為軟盟的策略級產品之前在歐洲其實就只做成愛沙尼亞一筆單子，這根本不能稱之為市場，再說，別人都買走了，以何種方式經營那是別人的權利，和軟盟毫無關係。

軟盟的高明之處，就在於早一步看清楚了趨勢，愛沙尼亞的駭客危機，他們搶先一步出手，及時證明了產品的實力，然後又利用俄羅斯和北約盟國之間的對立以及各國急於立法解決駭客問題的心態，便有恃無恐地獅子大開口，想一口吃下整個市場，真是胃口不小。現在F・SK花三十億買一個根本都不存在的市場，已經夠倒楣夠吃虧了，這傢伙居然還要求再翻一倍，這明顯就是趁人之危了。

「這個價格是有點高了！」劉嘯笑說，「不過我們並不急著出售，因為我想過不了多久，應該會有很多企業想和我們合作！」

劉嘯現在是一副不宰白不宰的樣子，誰讓你自己上門來求軟盟呢，自己好歹要把公司被竊的這口惡氣出了，否則還真對不起人家跑這一趟呢。

劉嘯的這句話，讓約翰心裏有些著急，軟盟現在瘋狂報復自己這邊的攻守同盟，F・SK吃不消，那幾個企業同樣也吃不消的，他們遲早能明白過來是怎麼回事，到那時候，他們也有兩條路走，一是向軟盟求和，二是集全力拼掉軟盟。不過約翰認為他們也會選擇第一種，因為大家畢竟是來求財的，買下軟盟的業務，大家都還有得賺，而如果和軟盟見了真火，耗費時日不說，搞不好最後是個兩敗俱傷的局面。再說了，那邊還有斯捷科在虎視眈眈呢。

「這個……」約翰不能做主，「這個價格我得向總部彙報一下，這超出了我的許可權範圍！」

「沒有問題，你們可以慢慢考慮！」劉嘯無所謂地聳了聳肩。

「那我剛才提的那個病毒的事……」約翰看著劉嘯，「我聽說貴公司旗下還有一個易成軟體，他們做的防毒軟體非常不錯，我們想採購一批，作為我們企業的指定反病毒軟體。」

「是有這款產品，但目前這產品還不太成熟，只是在國內市場免費運營，權當是做個測試。」劉嘯笑說，「把不成熟的產品賣給你們，怕是不合適，我們不能對客戶不負責任！」

約翰沒說話，因為他不知道要說什麼了，只得鬱悶地坐在那裏。

劉嘯看約翰的反應，頓了幾秒，道：「這樣吧，既然約翰先生找到了我們，又如此有誠意，如果我們一點表示都沒有，確實有點過意不去。我一會就通知我們歐洲區的辦事處派一位病毒專家過去，這幾天你們F・SK的病毒防護工作，就暫時由我們的專家來負責，你看這樣如何？」

「這樣最好不過，太感謝你們了！」約翰趕緊站了起來，「有你們的專家出馬，我們的網路肯定是萬事無憂！」

「話不能這麼說！」劉嘯擺著手，「病毒頻發，這就說明你們的網路一定存在極大的隱患，你們必須把這個潛在的隱患找出來並解決掉，否則很難保證病毒不會再次爆發。」

「有軟盟參與，我們共同攜手，一定可以把這個隱患問題解決掉！」約翰看著劉嘯，「劉先生，你說對吧？」

劉嘯笑著，「我們盡力而為就是了！」

「那我就不打擾你了！」約翰和劉嘯一握手，提出了告辭，「我想現在就回去，把剛才商談的事向總部彙報一下，一有結果，我會來通知你的！」

「我送你！」劉嘯把他送出公司大門，看著他進了電梯。

「切！」約翰一走進電梯，劉嘯就撇著嘴，「你們再怎麼猖狂，最後不也得向我們求和嗎？」

劉嘯現在算是掐到對方的命門了，凡是網路化程式越高的企業，對網路的依賴性就越強，這些企業實力雄厚，關係複雜，根深蒂固，你用別的什麼方法根本無法撼動他們分毫，只有攻擊他們的命門，才能讓他們有所顧忌。劉嘯就是想讓這些企業明白，或許現實中他們是天下無敵，但在網路裏，還是軟盟說了算的，這是軟盟的地盤。

同樣，約翰一走進電梯，臉就變得死沉鐵青，他此時連殺死劉嘯的心思都有了，可沒辦法，還得忍住。和軟盟耗下去的話，吃虧的只能是自己，這裏又是中國的地盤，不管做什麼，都是掣手掣肘的，只能在暗地裏搞一些小動作，除此之外，根本沒有別的好辦法，可軟盟偏偏不為所動，根本就不吃你這一套。

此時的方國坤也剛剛得到了F‧SK推出競購股權的消息。

「頭，之前只有F‧SK的出價最高，怎麼突然之間就放棄了呢？」小吳有些不解，這三十億的價格在F‧SK只不過是九牛一毛而已。

「退出了不好嗎？」方國坤看著小吳，「最好他們都放棄，這樣我們才有機會！」

「你真想讓資訊產業部控股軟盟？」小吳問道。

「是！」方國坤點了點頭。

「你之前不是說只是幫軟盟造勢嗎？怎麼又改了主意？」小吳納悶。

「未來是屬於電腦專家的時代，像軟盟這樣的企業，能控制在自己手裏是最好不過的，這樣我們就可以省心了，也不用天天為此操心。」方國坤頓了頓，「再說，軟盟不是要搞那個多梯次防禦體系嗎？他們只有成為我們的自己人，才有可能得到網監部門的支持，否則他們沒機會的，所以，如果由資訊產業部來控股軟盟，對所有人來說，都是一件好事。」

小吳搖了搖頭，「我看熊漢臣不會把股權出售給我們的，再說，資訊產業部也拿不出那麼多的錢來。」

「呵呵，其實熊漢臣根本就沒打算賣掉那些股權！」方國坤分析，「與其說是我們在幫軟盟造勢，倒不如說軟盟是在幫熊漢臣造勢，你沒看最近好多人都拿著錢往封明跑嗎？這就是一種效應，一種升值利益帶來的刺激效應！」

「那這個劉嘯的商業頭腦也太厲害了，那麼多超級企業都被他耍了，這招『明修棧道，暗渡陳倉』用得實在是太妙了！」小吳經方國坤這麼一點撥，才明白了是怎麼一回事，不禁為劉嘯這招暗暗叫絕，誰也想不到啊。

「這個人能提出策略級這個概念，就說明他在策略上有一定的研究，可惜我們以前全都忽略了這個細節！」方國坤搖頭道，「他的一招一式，無不把策略這個概念演繹得淋漓盡致，真是個奇才！」

「那這麼說的話，這段時間那些企業不斷遭到病毒襲擊，以致網路癱瘓，很有可能也是劉嘯幹的了！」小吳說。

「為了提醒海城市府的網路存在漏洞，他敢把整個海城鬧得雞飛狗跳，他還有什麼不敢做的?!」方國坤踱著步，「我們以前跟蹤過很多的天才，唯獨只有劉嘯做事看似不著邊際，卻深諳策略之道，而且這個人辦事不會拖泥帶水，想做又敢做，正因為如此，他才能把一個眼看就要崩盤的軟盟在這麼短的時間內弄到全業界的焦點位置。當時愛沙尼亞的駭客危機還沒有發生，他就做好了一切準備，甚至還去推波助瀾，你就可以知道他是一個什麼人。」

小吳也是搖著頭，「真是看不出來啊！」

「做人和做事是兩碼子事，很多人都分不清，而劉嘯恰恰能把這兩者區分開，他明白什麼時候要做人，什麼時候該做事，做人他厚道本分，做事他又絕不手軟！」方國坤長嘆一聲，「長久以來，國內的企業不管做得有多麼好，最後全都栽在了F·SK這樣的超級企業手裏，我們始終無法做出一塊馳名全球的品牌，或許只有劉嘯這樣的人，才能打破這個怪圈，他或許就是為這個而生的。」

「劉嘯這麼做，那些企業能夠善罷甘休嗎?」小吳提出疑問，「我們是不是該提醒一下劉嘯?」

「這裏是我們的地盤，他們就算不甘心，也不敢做出什麼破格舉動！」

方國坤一皺眉，「不過，我們還是要做好一切準備，以防萬一！」

「是，我會安排好的！」小吳點著頭。

「我看這事很快就會結束了！」方國坤嘆著氣，「事情的走勢完全出乎了我的意料，在劉嘯宣布要出售軟盟所有業務的時候，我甚至以為劉嘯是準備放棄了，匆匆忙忙趕到海城去，誰知那些戰無不勝的超級企業，在劉嘯手底下竟然走不到三個回合便開始丟盔棄甲，這世上真的是一物降一物。」

此時，突然有通訊兵喊「報告」，然後把一份文件遞到了方國坤手裏。

方國坤看完文件，道：「看來軟盟真的是勝了！」說完，便把文件遞給一旁的小吳。

「F・SK放棄了股權競購，又花更多的錢去買軟盟那根本不存在的歐洲策略級市場？」小吳有些撓頭，確實有些讓他想不通，F・SK的人都傻了嗎？

「一旦這個合作達成，F・SK就被套牢了，以後的利益就和軟盟綁在了一起，他就是想再對付軟盟，也是有心無力了！」方國坤不得不佩服，「我現在才算是明白劉嘯為什麼要出售軟盟的業務，和斯捷科合作根本不是他的真正目的，他是早早就給對手備好了臺階，好讓他們回頭的時候從這裏下。」

F・SK悄無聲息地退出競購股權的行列，並沒有引起其他幾個對手的注意，他們得知此事之後，認為F・SK之所以會退出競購，是他們能拿出的最高價格就是三十億，超過這個價格，他們認為已經喪失了投資的必要。

其他幾個對手非但很能「理解」F・SK的「苦衷」，在F・SK退出後，更是加緊了競購的步伐，兩天之內，熊老闆手裏股權的價格終於升到了劉嘯當時承諾的四十億美金，而且似乎還有繼續升值的空間。封明和海城此時也退出了競購的行列，這個價格他們根本拿不出來，再耗下去也沒有什麼必要，國內的競爭者就剩下產業部一家了。

從四億人民幣到四十億美金，短短半年多一點的時間，升值了七十倍，這個速度正如劉嘯所說，前無古人，就是股市期貨，也達不到如此快的升值速度。熊老闆手裏的這四成軟盟股份的價值，已經差不多持平了他整個辰瀚集團的總市值，他的身價也瞬間翻了一倍，一舉衝到了國內首富的位置，這下所有人都記住了這個平時非常低調的富豪的名字。

在這種瘋狂升值的刺激下，許多國內外的財團蜂擁而至，集體殺到了封明，他們都知道熊老闆的下一個投資在封明，也希望自己能夠跟在熊老闆的屁股後面沾點光，趕上下一波升值狂潮。一夜之間忽然多了很多建設項目，一時間，通往封明的道路，被各種各樣的大貨車和建築設備給佔據著。

約翰在兩天的時間內，算清了一筆賬，就是如果按照劉嘯說的價格收購策略級產品在歐洲的市場，那F・SK的利潤到底有多大，能不能夠把本收回來，F・SK肯定不會採用軟盟的品牌，他們會讓軟盟代工製造出一款屬於自己的策略級品牌。開設一套用於流水線加工的生產線並不難，F・SK手上就有現成的，只是要把所有的成本算進去的話，F・SK在一年之內怕只能是薄利經營，這在以前F・SK的歷史上從來沒有過，F・SK以往投資的項目，獲利至少都在一倍以上。

約翰摸了摸鼻子，不知道該如何向總部彙報這件事，總部肯定不會答應的，可如果拖下去的話，那就只能向已經下了訂單的那幾個政府賠付一筆違約費了，但問題是，那些政府之後還會從別人那裏訂購策略級產品，F・SK很有可能就此失去這些客戶，而且之前F・SK也從未發生過這種未兌現訂單的事。約翰想了想，覺得還是應該和軟盟合作，一番抉擇之後，他接通了總部的連結，直接找到了那個金髮老外。

牆上的大螢幕很快出現了金髮老外的身影，他此時正坐在自己的辦公桌上，看到約翰，就問道：「和軟盟合作的事，進行得如何了？」

「不太順利！」約翰摸了摸鼻子，「和預想的一樣，他們開始漲價了。」

「這是早就預料到的，如果不出點血，他們又怎麼會善罷甘休！」金髮老外早就想到會是這樣，因此並沒有多大的意外。

「中國也有句老話，『破財消災』，只是這次他們開的價格太高，他們要八十億。」約翰不自主地摸了摸鼻子，然後道：「我已經算過了，那些政府給我們下的訂單總價值是一百億，平均到每套產品上，價格是六萬美金，但如果我們答應了軟盟的這個價格，我們每製造一套產品，成本就達到了五萬五千美金左右。」

「說結論！」金髮老外對這些數字不太感興趣。

「也就是說，我們做完這筆一百億的大單子，還有可能收不回成本！」

約翰皺著眉，一百億美金的單子，可謂是超級大單了，這麼大的單子竟然一毛錢都賺不到，說出去恐怕也是一個大笑話，「我們要贏利，至少要做到一百二十億以上，超過的才是利潤！」

說到贏利，金髮老外倒是不在乎，一百億的這個單子只是第一期工程，以後還會追加的，但要自己拱手把八十億白白送給軟盟，實在是讓他很不甘心，憑什麼啊。

約翰看金髮老外不悅，趕忙轉移話題，「這兩天沒有再爆發病毒吧？」

「剛才還爆發了一次病毒危機，好在有軟盟的專家壓陣，並沒有造成什麼損失！」金髮老外皺眉道，「只是其他幾個同行，聽說他們的網路都崩潰了，現在都請了OTE的專家過去救火！」

正頭痛著，約翰見金髮老外拿起了辦公桌上的電話，就見金髮老外「嗯」了兩聲，掛了電話，然後轉身看著約翰，道：

「你再去聯繫軟盟，說我們願意再加二十億，讓他們把歐洲市場只賣給我們F・SK一家，不能再賣給第二家。」

「呃？」約翰有些不解，不知道上司這是怎麼了。

「剛接到愛沙尼亞的線報，愛沙尼亞政府已經敲定了細節，下個星期，他們就要推出一項關於網路戰的法律，用於制裁攻擊愛沙尼亞網路的駭客。」金髮老外頓了頓，道：「之前我們也曾得到消息，說俄羅斯也在草擬這項法律，三個月後可能會通過，只要他們的法律一旦確立，其他國家就不得不也制訂類似的法律。但你我都清楚，要想讓這項法律不會成為一紙空文，前提就是必須有一套極為可靠的防禦系統，這就是軟盟的策略級系統，也就是說，那個時候，軟盟的策略級市場才會完全打開。我們F・SK在歐洲還有一個對手，他們同樣也拿下了好幾個國家的政府訂單，一旦愛沙尼亞正式發佈消息，他們肯定也會轉而去購買軟盟的策略級市場，那時有了競爭，我們想要拿下，付出的代價會更高。」

「我明白你的意思了！」約翰摸著鼻子。

「你現在就去辦，務必要在市場還沒有完全打開前，拿下整個歐洲市場！我們拿不到手，也不能讓對手拿到手，明白嗎？」金髮老外交代著約翰。

「我知道！」約翰點頭應道，「我這就去，稍後給你彙報！」

約翰撂了電話，驅車直奔軟盟而去。見到劉嘯後，劉嘯的第一句話就是：「約翰先生，我猜你一定會來找我，來，請坐！」

約翰倒也不意外，換了自己是劉嘯，此時肯定也是吃定了F・SK，他很鬱悶地坐了下去。

劉嘯說：「我剛才接到愛沙尼亞的消息，就知道約翰先生馬上就會來了，你看，我連咖啡都給你準備好了！」

約翰變了變臉色，愛沙尼亞並沒有放出風來，F·SK也是憑內線才得到的消息，劉嘯怎麼會知道？他怎麼能確定F·SK就能知道這個消息？

「劉先生這是什麼意思……」

「愛沙尼亞駭客危機之後，我們就和愛沙尼亞的國家電腦回應中心達成了合作協議，所以那邊的消息，我們都會知道！」劉嘯把咖啡放在了約翰面前，「約翰先生如此神速，也足以說明你是個眼光明銳的人，一眼就看出商機要到來了。怎麼樣，上次的事，你們是否已經有了決定？」

約翰點了點頭，原來是這麼回事，道：「我們總部已經同意了你提出的價格！」

劉嘯笑了起來，「恭喜你們，你們做出了明智的決定！」

「不過，我們總部有新的要求！」約翰看著劉嘯，「我們為這筆合作再多加二十億，但你們要做出一個保證，歐洲的策略級市場，只能由我們F·SK獨家運營！」

劉嘯皺了一下眉，這有點出乎了他的意料，他沒想到F·SK的胃口會這麼大，劉嘯必須立時拿出個主意來，以決定是否把歐洲策略級市場由F·SK

獨家運作。

「我想這對我們雙方都有好處！」約翰看劉嘯沉吟不語，就在一旁陳述著利弊，「我們在歐洲和各個大訂單的客戶有著非常深厚的交情，一旦愛沙尼亞宣布確立關於網路戰的法律，我們就會拿下這些訂單，軟盟有技術有產品，但你們想要拿下這個市場的話，恐怕得投入很多，而且時間不等人，你們能確保在拿下市場之前，不會有人超過你們嗎？」

「約翰先生這話很有道理！」劉嘯咬了幾下嘴唇，最後一拍大腿，「好，我們答應，歐洲的策略級市場，就由你們ＯＳＫ來獨家運營！」

「那你看我們時候能簽合同？」約翰有點著急，那邊總部還等著自己的消息呢。

「隨時可以簽啊！」劉嘯攤開雙手，聳了聳肩，「由你們決定！」

約翰一聽大喜，稍微一思索，道：「那這樣，我現在就去聯繫總部，彙報一下這事，如果總部沒有異議的話，我想今天就把合同簽了！」

「好，我們這邊沒有什麼異議！」劉嘯笑著。

「那我就先告辭了！」約翰急忙站起來，「稍後我會再聯繫劉先生的！」

「好的，我送你！」劉嘯又把約翰送進了電梯，然後站在那裏傻笑，一百億啊，他本想訛個八十億，八十億他原本都以為對方不會答應呢，沒想到F．SK竟然會多送給自己二十億，這真是讓劉嘯喜出望外，財運來了，擋都擋不住。

這筆生意軟盟絕對不會賠，因為軟盟根本就沒有付出什麼，在海外沒有設立任何一個辦事處和銷售點，也沒有雇傭任何一名工作人員，成本可以說是零，就算是他只賣一塊錢，但只要能把軟盟的策略級產品覆蓋到所有市場，那軟盟也是賺了。再說，沒有一種安全產品能夠領先三年，而軟盟一下賣三年，這就是把提前把三年的錢一塊賺了，更不可能會有賠的道理。

F．SK以為自己獨霸歐洲市場是件好事，可劉嘯卻不這樣認為，他認為F．SK是買了一顆炸彈抱回窩去了。F．SK的那個攻守同盟中，也有幾個是歐洲的，他們前面陪著F．SK費了那麼多力氣，如果最後卻一點好處都沒撈到的話，肯定是不能答應的，F．SK這是給自己找敵人。

劉嘯興奮地捏了捏拳頭，轉身走進公司，跑去通知那幾個部門趕緊準備好，一會兒約翰來了，趁著他還沒反悔，立刻按著他把章給蓋了，然後等著收錢。

約翰向總部彙報了這件事，然後草擬好合同，再次趕到軟盟的時候，眼前的景象把他嚇了一條，軟盟的會議室裏坐的滿滿地全是熟人，都是那些同行在中國區的負責人，劉嘯此時正在裏面陪著這些人。

一幫人看到約翰，紛紛起來打招呼，「約翰，你也來了啊，可惜你來晚了！」

約翰尷尬地笑了兩聲，站在那裏，不知道該怎麼辦，這些人顯然都是商量好了一起來的，F・SK這次沒有跟他們商量，私底下先跟軟盟商量好了合作的事，如果給他們知道，恐怕不好，他向劉嘯看去，卻見劉嘯沒什麼表情，只是和約翰客氣地打了個招呼，並沒有什麼特別的表示，這讓約翰放心不少。

「我以為我是最早得到消息的，沒想到大家的消息都比我要靈通！」約翰笑了幾聲，也跟著眾人坐到了一起。

「既然大家都來了，那咱們就商量一下吧，看看這個事該怎麼辦！」其中一個人開了口，「總不能這麼乾坐著吧！」

劉嘯一聽，就站了起來，「能有這麼多超級企業願意和我們軟盟合作，這是我們軟盟的榮幸，但我覺得還是不要傷了和氣為好，既然你們之前都認識，那就是朋友了，我看我還是回避一下，你們幾位自行商量吧。」說完，劉嘯便走出會議室。

約翰原本以為這些人是商量好了一起來的，現在一聽，知道他們也是湊巧碰到一塊的，便放心了不少，等劉嘯一走，便首先道：

「那我先說明一下我這邊的情況吧，我不管你們幾位想拿下哪塊市場，但歐洲這塊，必須是我們F·SK的！」

「憑什麼！」好幾位立刻反對，「我們哪個公司也不比你們F·SK弱！」

「各位！」約翰摸了摸鼻子，往椅背上一靠，「我們F·SK之前退出了股權競購的行列，把競購的機會讓給你們，已經是做出了很大的讓步，你們捫心自問，如果有我們F·SK參與，你們想拿下軟盟的股權，有多大的勝算？」約翰哼了一聲，不說話。

「那我們現在就可以放棄競購股權，和中國信產部競爭軟盟股權的事，就讓給你F·SK一家去做，這樣如何？」那幾人都看著約翰，「但F·SK必須把自己手裏的歐洲市場讓出去！」

「絕不可能！」約翰拍了桌子，「我們已經拿到了上百億的訂單，為什麼要讓給你們！」

「就你們F・SK手上有訂單嗎？」其他幾人不屑道，他們手上也提前收了不少訂單，所以此時才會誰也不讓誰。

「那就老規矩吧！」一旁一直沒有發言的一個人開口了，「大家把自己的地盤劃出來，有爭議的地方再具體商量，大家之前合作了很多次，都很愉快，我想這次沒必要鬧到這種地步！」

眾人都沒說話，坐在那裏琢磨著。

最後還是約翰先表了態，道：「好，我同意，大家都有錢賺就可以，免得傷了和氣。」約翰果然是陰險，他早和軟盟達成了協議，此時卻跳出來允好人，就算今後有人打破潛規則，也沒人會懷疑到他頭上。

其他幾人還是沒有回應，之前提議的那人覺得很無奈，就道：「如果大家覺得行不通，那就只好各憑本事，誰給軟盟的錢多，就由誰做這個市場，只是這樣一來，我們自己鬥來鬥去，最後反倒是便宜了軟盟。但不管怎樣，有一件事大家必須要弄清楚，賺錢的機會以後還會有，不管最後誰拿到了這個市場，其他人就必須把手裏的市場交出來，不得暗中搞鬼！」

約翰也攤了攤手，「反正蛋糕就一塊，現在的問題是誰有實力把它吃下去，我看你們痛快點，趕緊拿個主意，要麼大家湊合著分了吃，要麼就各憑本事，能吃多少就看你有多大能耐！」

第四章　反間計

劉嘯樂得直掐大腿，才沒讓自己笑出聲來。這幫傢伙以前合起夥來對付軟盟，老子這次就給你來個反間計，讓你們拿不到軟盟產品的心裏難受，拿到了的更難受，老子要讓你們以後永遠都不能痛快，都不能自在。

劉嘯坐在會議室外面，他不用猜都知道裏面是個什麼景象，心裏真是樂開了花。

「隨便你們怎麼商量吧，就算你們商量好了，老子先把F・SK的協議一簽，你們還得跟著變。」劉嘯樂得直掐大腿，才沒讓自己笑出聲來。

這幫傢伙以前合起夥來對付軟盟，老子這次就給你來個反間計，讓你們拿不到軟盟產品的心裏難受，拿到了的更難受，老子要讓你們以後永遠都不能痛快，都不能自在。

正樂著呢，劉嘯的手機響了起來，一看，是張小花的電話，趕緊接聽了，「小花，啥事？」

「劉嘯，是我，錢萬能！」電話裏卻傳來錢萬能的聲音。

「哎呀，是老錢吶，你現在在封明？」劉嘯問。

「對，我剛到封明，和小花在一塊呢。」錢萬能笑說，「有件事要通知你，星空寺改名的事已經定了下來，路也已經修通了，我從全球請了二十位高僧前來做一場大的法事，時間是下個禮拜三，到時候我老婆也要來，你也得過來啊！」

「一定一定！」劉嘯趕緊應道，「我一定會去的，那我就先在電話裏恭喜你了！」

「客氣的話就不要說了，你按時到場就行！」錢萬能笑說，「對了，你們公司的那位技術部總監，叫什麼名字我忘了，就是在黑帽子大會上的那位小姐，你也帶她來。」

「呃？」劉嘯不解，帶商越去幹什麼。

「是我老婆大人要見見她！」錢萬能解釋著，「記著啊，一定要帶她來！」

「好！」劉嘯答應道，「放心吧，一定帶到。」心裏卻是納悶不已，錢萬能的老婆要見商越幹什麼？老錢之前說是他老婆看到黑帽子大會上的事，才差他來和軟盟談合作，這是兩人之間唯一能扯上關係的事了，難道說老錢的老婆人看了商越的表現，有些崇拜不成？

「就這事，我掛了！」老錢呵呵笑說，「那我就和小花在封明等你過來！」說完，就掛了電話。

劉嘯悶悶收起電話，這老錢真是急性子，自己還想問問張小花有沒有什麼事要說呢，他就直接給掛了。劉嘯搖搖頭，收起電話，朝會議室走去，估計那幾位大爺應該商量出什麼了。

敲門進去，劉嘯見幾人坐在那裏，誰都不說話，看臉色就知道他們商量得並不愉快。

劉嘯咳了咳，看了看時間，道：「馬上到吃晚飯時間了，軟盟今天一下能來這麼多貴客，確實是一件非常難得非常榮幸的事，我已經讓人去飯店訂了位子，還請各位務必賞光。咱們生意歸生意，飯還是要吃的！」

那幾人紛紛婉言推辭，「不了，我們才剛商量出點結果，總部還等著回話呢，就不叨擾劉先生了，謝謝劉先生的美意和盛情，這頓飯就等日後我們雙方合作達成的時候再吃吧，那時候由我們來請劉先生！」

幾人都是抱著這個想法，哪有什麼心思吃飯，你看我，我看你，各自監督著出了軟盟的大門，生怕對方趁自己離開後再搞什麼小動作！

劉嘯無奈地搖頭，心裏卻是暗自覺得好笑，把這些人送到了樓下，看著他們都各自坐車離開後，這才回身往樓上走去。剛出電梯，電話就響了，是約翰打過來的。

「約翰先生，你還有什麼事嗎？」劉嘯問。

「劉先生，我在金晶大飯店訂好了位子，晚上請你務必賞光！」約翰笑說，「和貴方的合作協議，我們也已經擬好了，我想晚上也一併簽了，你看如何？」

劉嘯沉吟了一下，道：「那好吧，等晚上見了合同，咱們再細談！」

「好好好！」約翰應著，「那我就恭候劉先生的到來！」

從電梯走到自己的辦公室門口，這短短一截路，劉嘯就分別接到了剛才那幾人的電話，都是來請吃飯的，他們都想避開其他人，私底下和劉嘯談，把合作的事給定了。

劉嘯已經答應了約翰的飯局，這些自然要全部推辭。只是他一說晚上有飯局了，那些人的聲音就變了幾變，估計都在猜測著是不是有誰比自己速度更快，搶先下手了。

劉嘯也懶得揣測這些人的心理，掛了電話，將簽合約要用的東西準備好，塞進自己的公事包，就等著晚上去收約翰的那一百億。

第二天一大早，軟盟的網站進行了公告更新，軟盟以一百億美金的價格，將旗下策略級產品在歐洲的高端市場出售給一家名為Dorice的歐洲企業獨家運營，以後軟盟的品牌將不會出現在這個市場，軟盟也不會再授權給第二家企業在歐洲經營自己的策略級高端產品。

這個消息顯然打了所有人一個措手不及，尤其是那幾個F‧SK的同行，他們昨天晚上和總部剛商量好了決策，準備今天再去找軟盟商談，順便再去防堵其他幾家，誰知才一個晚上的工夫，F‧SK就已經把軟盟搞定了，誰都知道Dorice是F‧SK旗下的企業。

那幾個人徹底傻眼，後悔不已，早知道昨天約翰提議大家劃分市場的時候就該先答應下來，這樣約翰也不會趁著大家還沒定論就搶先下手。他們也猜出昨天晚上請劉嘯吃飯的，肯定就是約翰了。

這幾個人只得向總部彙報後，再次改變策略，急匆匆趕往軟盟，必須要趕著別人沒變之前，趕緊把其他的市場搞到手，否則前一段時間真的是白忙活了。

只是他們今天連劉嘯的影子都沒看到，站在軟盟門口歡迎他們的，是軟盟的業務主管，現在此事由業務主管全權接手，而業務主管則是擺出一副「誰給的錢多就賣給誰」的架勢。

此時的劉嘯正在會議室裏，跟公司的其他幾位主管在開慶功會，和F‧SK這樁合作的達成，已經可以標誌著軟盟打破了這些國際財團打壓軟盟，企圖控制軟盟的計畫。

劉嘯顯得非常高興，拿出一份計畫書，「現在咱們手裏有錢了，這是這段時間寫的一份計畫，目的就是怎麼樣把這些錢都花出去，大家都看看。」劉嘯說完，遞給了距離自己最近的商越。

「自從咱們的公司被人盜竊之後，我就開始寫這份計畫了。大家都想想，既然咱們的這些家當一文不值，那為什麼別人還願意花那麼多的錢來購買咱們的股權，甚至是花數倍於我們股權價值的價格來買咱們的業務？」劉嘯看著眾人，「那是因為咱們手裏的技術，說到底，咱們手裏唯一的值錢貨，就是策略級技術。」

眾人點頭。

「可我們又把多少心思用在了保護自己手裏唯一值錢的這個技術上呢？」劉嘯嘆了口氣，「我們能否保證上次的事就不會再次發生？」

眾人默然，沒說話。

劉嘯搖了搖頭，「我們什麼也不能保證，甚至可以說，如果對方下次再來，照樣是如入無人之地，我們的保全措施和之前比較，沒有任何的變化。所以我們必須拿出一筆錢，用於升級和改造我們的安全措施。在我們這個行業，有個不成文的規矩，我們往往是花一塊錢來製造一項技術，卻要花兩塊錢，甚至是更多的錢來保護自己的這項技術。我們之前在這方面確實做得很失敗，尤其我們還是一個從事安全防護的企業，這樣的事更不應該發生。所以，今後一段時間內，保全工作將會是我們要考慮的頭等大事。熊老闆之前曾在封明幫我們軟盟買了一塊地，我想趁著這個機會，在封明建一座屬於我們軟盟的辦公大樓，所有的安全環節，都由自己來設計，啟用一些之前因為受環境所限不能採購的先進保全設備，大樓建成後，我想把軟盟的總部遷往封明。」

「遷到封明？」眾人都有些意外，詫異地看著劉嘯。

「對，遷到封明，現在許多高科技企業都紛紛入駐封明，這樣的環境更利於我們軟盟發展。」劉嘯頓了頓，「我今天和大家商量這事，就是考慮到公司許多員工都是家在海城，可能遷走會有一定的困難，我想讓大家回去對各自部門的員工情況做個統計和調查。」

「是啊！」眾人點頭，好多人都在海城安了家，一時讓大家遷往封明，估計很多人都不能適應。

「這件事就先說到這裏，這並不是我們今天這個會議的正題，」劉嘯清了清嗓子，道：「我們還是先說說其他的計畫吧。如果我們把自己手裏全部業務都售出，這就意味著我們今後三年之內都將會沒有進賬，雖說這些錢足夠我們用個十年八年的，但我們不能這樣坐吃山空，我們要創造更多的贏利項目。」劉嘯手指輕敲著桌子，「目前已經確定了的，就只有兩個項目，一個是易成軟體的反病毒專案，另外一個就是我們準備了很久的安全系統改造技術，接下來我們就可以騰出更多的人手來做這兩個項目，我想一段時間內，這兩個項目會成為我們僅有的兩個進賬項目。」

眾人點頭，這確實是個問題，軟盟把現有的業務售出後，是得給自己找個事情做。

「還有一個不確定的項目，就是那個多梯次網路防禦體系的計畫，這個項目才是我們的重頭戲，對我們今後的發展至關重要，如果做成了，將會成為我們繼策略級產品之後的下一個大的利潤增長點。之所以說它不確定，是因為這個項目僅靠我們軟盟自己的話，是很難完成的，不過我現在正在爭取和網監合作，相信很快就會有個確定的消息。」

劉嘯說這話的時候，也皺了皺眉，黃星當時說是一個星期給他答覆，可現在都已經過去好幾個星期了，還是沒有消息，看來自己得再想辦法，不能在一棵樹上吊死。

「最後就是人才招聘的事，不管我們做什麼項目都需要人才。早在我接手軟盟的時候就說過，軟盟要致力於改善國內優秀網路人才的生存環境。以前我們是有心無力，因為我們沒有那麼大的實力，但現在我們有足夠的財力來做這件事了。」

商越一聽，放下了手裏的文件，道：「我完全支持，我們有責任做這些事，這是軟盟創立時的最初宗旨！」商越是最支持這個計畫的人，她不想她姐姐的悲劇再次發生。

「我想這件事就交給商越去負責！」劉嘯看著商越，「不光是網路安全方面的人才，只要和電腦有關，只要夠優秀，都可以聘用！」

「我們要把國內最優秀的電腦人才統統網羅到自己的企業裏，給他們提供最好的工作環境、最好的發揮平臺，讓他們把最大的潛力發揮出來！」劉嘯指著那份文件，「具體的東西，我在檔案裏都有寫到，大家回去後傳閱一下，如果覺得有什麼不合適的地方，下次開會再討論！」

「好！」眾人都點頭。

「最後一件事！」劉嘯像是想起了什麼事，道：「我已經和熊老闆達成了協議，從他手裏購回百分之八的股權，另外我自己再拿出百分之八的股權，這些股權將作為激勵，分到每一個對軟盟有貢獻的員工手裏。另外，如果哪位員工能對公司今後發展做出巨大貢獻，都可以獲得公司的重賞，會後大家把這個消息傳達到每個員工那裏！好，散會吧！」

眾人先是短暫驚愕，然後都興奮了起來，百分之十六的股權看起來不多，但要知道，軟盟現在的總資產已經達到百億美金之巨，就是給你分個萬分之一，那也是百萬富翁的身價了。眾人趕緊站了起來，也顧不上和劉嘯打招呼了，都想搶先把這個消息告訴自己手底下的員工。

「商越！」劉嘯叫住商越，「下週三我們去封明一趟！」

「什麼事？」商越有些意外，「不是說在那裏建大樓的事還沒定案嗎？」

「不是這件事！」劉嘯搖頭，「老錢他們家在封明有一座家廟，下禮拜要做一場法事，他邀請我們一起過去。」

「這……」商越似乎對這個不感興趣，有些遲疑。

「老錢都開口了，總不能拒絕吧，你去準備一下，一定要去！」劉嘯強調。

「那好吧！」商越點了點頭，「回頭我把手裏的工作先安排一下！」

再次回到封明，劉嘯的心情和以往每次都不同。他有一種「榮歸故里」的感覺，張春生之所以反對自己和張小花交往，是因為他覺得兩人背景相差太多，但現在這種差距已經不存在了，軟盟一周的收益早已超過了張氏企業的全部資產總額，張春生再也沒有理由拿那種怪異的眼光看自己，自己也不用像做賊一樣心虛了。劉嘯從沒有像現在這樣盼望著能夠快點到達封明。

到達封明後，張春生、熊老闆及張小花都等在那裏。劉嘯快走來到三人跟前，笑道：「封明我那麼熟，都說了不用接的。」

張小花頓時瞪著眼，在劉嘯胳膊上一掐，「你這人怎麼這麼不識好歹，來接你是看得起你，是好意！」

「我的錯，我的錯！」劉嘯趕緊求饒，然後看著張春生和熊老闆，「你們最近身體都好吧？」

「好！好！」兩人都笑著說，「走，車就在外面，咱們回去再說，這裏不是說話的地方！」

此時商越也走了過來，劉嘯忙介紹道：「這位是我們公司的技術總監，商越！」又指著三人，「熊老闆你肯定認識，這位是封明張氏企業的張總，這位是……」

「我是劉嘯的女朋友，張小花！你好！」張小花朝商越伸出手。

商越臉上頓時有一絲凝滯，公司裏好像從來沒人提起過劉嘯有女朋友，劉嘯也從沒說起過此事。

「你……你好！」商越回過神來，擠出一絲怪異的笑容。

「我知道你，你就是上次黑帽子大會上的那個很酷的女生。」張小花拉著商越，「我很崇拜你，要是換了我，有那麼多老外向我發飆，我肯定傻掉了！」

商越笑得有些不自然，「沒你說得那麼好，我當時也是傻掉了，自己做什麼都不知道！」

「走吧！」張小花拽著商越，率先朝機場外走去，其他幾人跟在後面。

路上，劉嘯問道：「錢老闆人在哪裡？」

「大概在山上，他現在白天都在山上，晚上才回來，好在現在路修通了，開車可以到達接近山頂的地方，本來想說建個上山纜車，但錢老闆不同意，說不希望把星空寺變成旅遊景點！」熊老闆說。

劉嘯點頭，「那倒是。」

車子駛到春生大酒店時，剛好和錢萬能的車子碰了個頭，明天就要舉行法事，他今天竟提前回來，沒在山上。

熊老闆下車，朝著錢萬能打著招呼，「老錢，今天怎麼回來的這麼早？」

老錢從車上「滾」了下來，笑說：「我老婆到封明了，我就趕回來了。」看見正在下車的劉嘯，便道：「劉嘯，你小子也到啦，正好，中午大家一起吃個飯，我請客！」

「那不行！」劉嘯笑著走了過來，「應該是我們設宴為錢夫人洗塵才對！」

「對對對！」張春生一拍腦門，「劉嘯說得對，我馬上去安排，呵呵。」張春生就匆匆走進酒店安排酒宴去了。

「你們就是這麼客氣！」錢萬能笑說，又看著劉嘯，問道：「我讓你帶的人，你帶來了沒有？」

「帶來了！」劉嘯朝商越招手，「商越，來，我給你介紹一下。」

等商越過來，劉嘯道：「這位就是我們軟盟的技術總監了，商越。這位是錢萬能先生！」

「你好！」商越和錢萬能一握手，笑道：「先恭喜錢先生找到了家廟，落葉歸根！」

「謝謝，謝謝！」錢萬能說著，掏出手機按了一個號碼，然後用一種能讓人把雞皮疙瘩全掉光的溫柔語氣道：「夫人，我回來了，現在就在酒店樓下呢，你也下來吧，劉嘯他們要設宴為你洗塵呢。對，你要見的人也來了！那好，我們就在餐廳等你！」

一行人逕自上樓，到了餐廳的休息區坐下聊天。

廖正生將自己旗下所有在封明的產業全部出售，然後徹底撤出封明，劉嘯從張小花嘴裏得知這個消息，十分意外，廖氏同張氏一樣，在封明經營多年，底子深厚，現在封明的建設搞得這麼火，張氏也不可能一家獨霸，這正是廖氏大展身手的時候，怎麼就撤出了呢。

「說不定就是你上次在星空寺說的那些話，讓他明白了過來，大概是覺得再和我們張氏鬥下去沒什麼意思，就撤了唄！」張小花笑著。

張春生也在一旁感慨，「這麼多年，突然對手沒了，還怪寂寞的！」

眾人大笑，人就是這麼奇怪，他在的時候，就想盡辦法要弄走他；等他真的走了，你反倒有點想念。

此時餐廳的門口走進來一個人，老錢一看，趕緊起身奔了過去，「夫人！」

來人正是錢萬能的老婆，看起來非常年輕，只有三十出頭的樣子，高高盤著一個髮髻，一身剪裁得體的旗袍，比錢萬能高出整整一個頭，看起來雍容華貴，讓人不可直視。

此時眾人心裏不禁都想起兩句話，一句和癩蛤蟆天鵝有關，一句和鮮花牛糞有關，倒不是眾人有意笑話錢萬能，只是單看這兩人的外形條件，確實是差距太大了，眾人也就明白為什麼錢萬能那麼緊張自己的老婆了。

女人的手裏還牽著一個五六歲大的小孩，看見錢萬能，微微笑了起來，道：「老錢，快給我介紹一下你的朋友吧！」

錢萬能一把抱起小孩，連啃了幾口，才領著他夫人走了過來。

「諸位，我給你們介紹一下，這位就是我的夫人，馮楠！這是我寶貝兒子，錢無忌，小名叫多多，錢多多，哈哈。」

眾人一一和馮楠打過招呼。

輪到劉嘯的時候，錢萬能特別介紹道：「這位就是劉嘯了，軟盟的總監，年輕有為，很有抱負的一個人！」

「那我就稱呼你馮姐吧！」劉嘯笑道，馮楠實在是太年輕了，他也只能喊姐了，「從我認識老錢起，他就一直把自己的夫人時刻掛在嘴邊，今天總算是見到了。」

「老錢也經常提起你！」馮楠也客氣了一句。

老錢正準備介紹劉嘯旁邊的張小花時，劉嘯突然瞥見老錢懷裏孩子衣服上的一個飾物，不禁驚訝地「咦」了一聲，然後來到商越身邊，指著老錢懷裏的孩子低聲道：「你看！」

商越順著劉嘯眼神的方向看去，眼睛也睜大了，錢無忌的腳踝處綁著一條腳鏈，腳鏈上繫著一個不知道用什麼材料雕出來的狼頭，和西毒殺破狼的標誌竟然出奇地相似。

「這位就是商越！」錢萬能回頭說著，「你肯定能認出來，黑帽子大會的視頻上你見過的！」

馮楠走過來拽住商越的手，把商越上下打量了一遍，道：「像，太像了，你和你姐姐長得真像，當時看到黑帽子大會的視頻，我就感覺你一定就是商吳的妹妹！」

商越詫異道：「你認識我姐姐？」

「認識！」馮楠把錢無忌抱了過來，指著孩子腳上的那個腳鏈，「這個狼頭你肯定很熟悉，但我想你姐姐一定沒說過這是誰設計的吧？」

商越搖頭。

「來，大家都坐吧，坐下慢慢說。」馮楠笑著示意大家都坐，她特地把商越拉坐在自己旁邊，道：「這個狼頭就是我設計的，呵呵，你姐姐現在還好吧？」

「啊？」這下不光是商越，連劉嘯也傻了，看樣子馮楠早就認識商吳，可怎麼商吳去世的消息，她好像並不知道。

「怎麼了？」馮楠看著兩人，「不相信這個狼頭是我設計的嗎？」

「不是！」劉嘯趕緊擺手，然後頓了頓道：「商越的姐姐商吳，已經在兩年多前去世了！」

「什麼?!」馮楠一下站了起來，差點把自己懷裏的小孩給顛飛出去，「這怎麼可能？」馮楠一臉不可置信地站在那裏，顯然是無法接受這個消息。

商越點點頭，「他沒亂說，我姐姐確實是去世了！」

馮楠閉上眼，長嘆了一聲，極力想穩定住自己的情緒，「我還想找到了你，就肯定能找到你姐姐了。這次回國，除了參加明天的佛事外，還有一件最重要的事，就是見見你的姐姐，看她現在過得好不好。唉……」馮楠又嘆了一口氣，「沒想到事情竟會這樣！」

「你和我姐姐是怎麼認識的？」商越問道。

「我們讀同一所大學，只是我比她要高兩屆，當年我們的宿舍是對門，她經常過來我們寢室，我們的關係很好，這個狼頭是我當時信手塗鴉的一件作品，你姐姐非常喜歡，我就送給了她！」馮楠回想著當時的一點一滴，「我非常喜歡藝術，大學快畢業的時候，我聯繫了法國的一所大學，他們答應只要我畢業，就同意接受我去讀他們的研究生。後來我的一位老師得知了這個消息，可能他認為能出國的家庭一定非常有錢，便想借此敲詐我，於是故意為難我不讓我畢業。可是那時我家根本再也拿不出多餘的錢，眼看距離報到的日子越來越近，我卻一點辦法都沒有。」

「後來你姐姐得知這件事後，跑來告訴我，說查了我的成績，全部都是合格的，可以順利畢業。我當時太興奮了，也沒來得及細想，拿到畢業證書後便去了法國，後來我聽幾個同學提起，說學校的官網有段時間天天被駭，每次都被人貼了一個狼頭標誌，而為難我的那個老師，也被指名道姓寫在了被駭的網站上。那個狼頭標記我一眼就認了出來，我知道肯定是你姐姐幫我改了成績。後來，我得知有個專門在網上留下狼頭標誌的駭客，叫做西毒殺破狼，我想那一定是你姐姐，便托了很多人去找你姐姐的聯繫方式，可惜都沒有結果，從那時起，我就隨時關注著駭客方面的事，希望能夠得到關於你姐姐的消息。」

馮楠說著，留下了兩行清淚，「如果不是你姐姐，可能我永遠都去不了法國，也就不可能和老錢認識，更不會有今天的我，可我連聲謝謝都沒來得及對你姐姐說。在黑帽子大會上看見你，我知道我終於可以了卻這個心願了，便讓老錢去找你的公司，讓他盡一切力量幫助你們，我還想一定要找機會回來看看，當面對你姐姐說聲謝謝，可惜……」

劉嘯終於明白了是怎麼回事，原來老錢當時死纏爛打，硬要拿到軟盟的代理權，為的就是這個，看來馮楠也是個有情有義的人。

「老錢！」馮楠看著錢萬能，「封明的事情結束後，我想到商吳的墓前看看，去跟她說聲謝謝。」

「應該的，應該的，我陪你去！」錢萬能忙點頭應道，他老婆的旨意，他向來是按照聖旨對待的。

因為這件事，馮楠情緒便有些低落，吃飯的時候也沒能高興起來，大家看她這樣，接風宴就吃得很拘謹，甚至連酒都沒動。

第五章　綁架案

事發突然，張小花一時還反應不過來是發生了什麼事，等她回過神來，意識到大事不好，猛踩油門朝那輛商務車追了過去，一邊急急地撥了張春生的電話，瘋狂地吼著：

「爸，不好了！快，劉嘯被人綁走了！劉嘯被綁走了！」

第二天一大早，張春生就備好了車子，載著眾人直奔星空寺去。

錢萬能從世界各地請了二十位最有名望的得道高僧來做法事，封明市的各級領導也親赴現場，親自致辭道賀。現場也吸引了很多的媒體記者，劉嘯一出現，便引起一陣轟動，他現在是全國最炙手可熱的人物，媒體們怎能會放過這個機會，紛紛上前刺探消息，想弄明白為什麼搞電腦技術的劉嘯會出現在這樣一場佛事活動上。

劉嘯雖然知道星空寺改名的內幕，但錢萬能有交代過不能說，他被媒體們問急了，只好亂說一通，一會兒說自己是佛家信徒，一會兒又說自己看好封明的發展，這次來封明，是準備在這邊投資的。

劉嘯沒想到自己這番亂說的話，會給自己帶來多大的麻煩和困擾。

在諸位高僧的一番吟唱之後，星空寺的牌匾被摘了下來，換上了那塊由諸位高僧集體開過光的「金寶寺」牌匾，新牌匾做工奢華講究，是由國內最出名的幾位雕刻大師合力完成，精雕細琢的金絲楠木做底，雕刻出的花紋上配合以金箔金線，中間「金寶寺」三個字，讓人一看，既有一種莊嚴之色，更有幾分平和之氣，非常符合佛學要義。星空寺自此便正式改作了金寶寺。接下來，這些高僧還會做一場持續七天之久的佛事，為重生的金寶寺祈福。

更名的儀式就算是結束了，封明的領導相繼離開後，劉嘯一行人也下山回到了市區。

回到酒店後，馮楠拉了商越去聊商吳的事，熊老闆和張春生事務繁忙，也各自忙去了，就剩下劉嘯、張小花以及錢氏父子，幾人無聊地坐在酒店的大廳裏休息。

錢萬能和他兒子並排坐在沙發上，一人手裏捧著杯奶茶，像是比賽似的，你一下我一下，「滋滋」吸得起勁。

「太無聊了！」張小花從沙發上站起來，「咱們出去逛街吧，剛好給劉嘯一個機會，大家想吃什麼，想買什麼，全都隨意，劉嘯全部買單！就這麼辦！」張小花說著就下了沙發，準備走人。

張小花剛把劉嘯從沙發上拽了起來，休息區的大門突然被人推開，進來兩人，前面那人，張小花不但認識，還非常認識，張小花只得鬆開了拽著劉嘯的手，道：「鄭市長，你來怎麼也不打個招呼？」

來人正是封明市的市長，滿臉笑意地道：「你們不要拘束，我這次來，純粹是私人性質的拜訪，我是專程來看劉嘯的。怎麼樣，劉先生，中午有沒有空，可否賞光一起吃個午飯？」

「這怎麼好意思！」劉嘯客氣著，「應該我請鄭市長才對！」

「一定要我請！」市長堅持道，「只是個簡單的私人午宴罷了，你一定不能拒絕。」

「好，那我就恭敬不如從命了！」劉嘯笑說。

市長一回頭，看見旁邊一大一小兩個人捧著奶茶杯看著自己，於是道：「這位是……」

劉嘯忙介紹說，「這位是我的朋友，錢萬能先生，旁邊是他的公子，錢無忌！」

「你好，錢先生！」鄭市長朝錢萬能伸出手，一臉納悶，大概也是在想怎麼會有人起這麼個拜金的名字，實在太直白了。不過他還是道：「既然都是劉嘯的朋友，那就請一起來參加我的私人午宴吧！」

錢萬能一皺眉，不知道該不該答應，見劉嘯點頭，這才道：「那就多謝鄭市長的美意了！多多，鄭市長要請咱吃飯，快說謝謝。」

錢無忌很害羞，衝著鄭市長一笑，然後一頭紮進錢萬能的懷裏，奶茶還往錢萬能身上灑了些。

鄭市長笑呵呵地坐到劉嘯身旁，指著身旁的一個人，道：「這位是我的助理，我剛剛聽他說，劉先生對在封明投資非常感興趣？」

「市長，你還是叫我劉嘯吧！」劉嘯覺得很彆扭，道：「助理先生一定是聽那些記者們說的吧，我是被他們圍得急了才那麼說的，否則他們肯定不會放過我的！」

「既然你這麼說了，那肯定還是有這方面的意思。」鄭市長殷勤地說，「怎麼樣？你現在就鄭重考慮一下吧，封明現在可是一個投資的大熱點，你的軟盟科技完全符合我們的招商引資條件，而且符合我們的重點扶持政策，如果你肯把軟盟遷到封明，市府一定會給你最大的優惠政策！」

「這個……」劉嘯沒想到市長找自己來是這件事，有點為難，這並不是自己說決定就能決定的，於是道：「鄭市長，我說句實話，我也非常想把軟盟遷到封明，可是軟盟在海城經營多年，大部分員工已經在海城安家，想要把軟盟遷至封明，並不是一件容易的事。」

「在封明同樣可以安家嘛！」鄭市長呵呵笑著，「這些都不是問題，只要軟盟肯遷過來，所有員工的家眷如果在海城已有工作的，到了封明之後，我們市府會全部落實他們的工作問題，還會在住房問題上享受最大的優惠以及銀行的低息貸款。」

「這……」劉嘯苦笑，「那你容我考慮一段時間，我得現在公司內部做個調查，看看員工們的意願如何！」

「好的好的，要重視民意嘛！不過，我相信軟盟的員工一定會贊同的，過幾天，我的助理會代表我親赴軟盟，向軟盟的員工們宣傳一下我們封明市府的政策！」鄭市長顯然是成竹在胸，連後招都想好了。

「不用這麼麻煩，我把市長的這番好意帶回去就可以了！」劉嘯真的是無奈了。

「這事我已有安排，就這麼辦吧！」鄭市長又看了看張小花，道：「搬到封明多好啊！我相信你對封明是有感情的，你的大學生活是在這裏度過的，你和小花的事，我聽老張多次提起過，你總不能一直這麼分隔兩地吧，還是搬過來，這樣你和小花的事就算是定下來了，皆大歡喜，於公於私都是好事一樁！」

「就是！」張小花推了一把劉嘯，低聲嘟囔著，「搬過來多好！」

「你看看！小花也是這個意思！」鄭市長覺得自己這張感情牌打得真不錯。

「那我回到海城後，就先把這事落實一下，看看員工們的意願，爭取最快的時間定下來！」劉嘯見市長說到這份上，也不好再反駁，只好這麼說著。

「這就對了！」說完他看看表，道：「時間剛剛好，估計飯局已經準備好了，咱們這就過去吧！」

吃完午飯，市長終於去忙自己的事，張小花便又想起逛街的事，還來沒得成行，又一位重要的人物出現在兩人的面前，正是兩人所就讀的封明大學的校長。

「是這樣！」劉校長咳了兩聲，看著劉嘯，鄭重地道：「經過學校校委會的一致研究，決定聘任你為咱們學校電腦系的名譽教授！」

劉校長說完，從提包裏面掏出一分紅彤彤帶有燙金大字的聘書，然後交到劉嘯手上，「現在，就由我將聘書頒發給你！」

劉嘯忙道：「這萬萬不行，以我這點水準，怎麼可以擔當教授呢，劉校長你就不要笑話我了！」劉嘯推辭著，堅決不肯接受。

「你就不要推辭了！」劉校長二話不說，直接把聘書塞到劉嘯懷裏，「這事就這麼定了，明天學校會專門為你舉行一個講座，到時候我派人過來接你！」

「這……」劉嘯直皺眉，真是服了他，還有這樣的，不要就硬往你懷裏塞，這可真把劉嘯難住了，不知道該怎麼辦！

劉校長卻道：「我聽說你準備在封明投資？」劉校長一拍大腿，「這是好事，封明培養了你，你是應該為回報封明的。最近學校也搞了幾個和電腦有關的課題研究，不知道你有沒有投資的興趣？」

劉嘯簡直快暈了，自己真是嘴賤，說什麼不好，偏偏說自己要在封明投資，一下招來這麼多人，他無奈地道：「我是有這個打算，但目前還在考察階段，還沒有確定！」

「有這個意向就好嘛！」劉校長很高興，「明天你到學校之後，咱們再細談，我把那幾個研究課題給你做個詳細的介紹，我想你肯定會感興趣的！」

兩人好不容易把校長送到樓下。

雖然校長走了，但張小花逛街的打算依舊沒有得逞，封明市工商局、招商局、企業聯合會的頭腦主管一個接著一個來，全是為軟盟在封明投資的事來的，看來封明這次是下狠心了，務必要把劉嘯留在封明。

一直到天黑，才總算是沒有人來了，張小花此時再也沒了逛街的興趣，趴在沙發上直打瞌睡。

等吃過晚飯，劉嘯覺得過意不去，提議去看電影，好說歹說，才算是把張小花從沙發上拽了起來，兩人換了身休閒服，牽著手下了樓。

兩人朝車子走去，剛打開車門，就聽背後傳來急促的喊聲，「劉嘯！劉嘯！劉嘯！」劉嘯不由皺著眉，看來電影又看不成了。

這次來的不是封明的人，是海城市長的助理，劉嘯見過兩面，還能認出來，「方助理，真巧啊，你怎麼也會在封明?!」

「走走走，裏面談！」方助理二話不說，拖著劉嘯就往酒店裏走去，「我到你房間找你，服務員說你剛下樓，我這緊追慢追，總算是追到你了！」

劉嘯站住沒動，道：「方助理，有什麼要緊的事嗎？我正要出門呢！」

劉嘯扭頭去看張小花，就見張小花無奈地靠在車旁，苦著個臉。

方助理瞅了一眼張小花，「當然是有要緊事，你跟我進去就知道了！」說完，湊近劉嘯耳邊，低聲嘀咕了幾句。

劉嘯回頭看著張小花，「看來電影是看不成了！」

張小花「啪」一聲推上車門，嘟囔道：「早知道會是這個樣子！」說完，沒好氣地瞪了那個助理一眼，率先朝酒店走去。

兩人在後面追上張小花，然後來到十二樓，方助理敲了敲門，然後推開房門，「來，兩位請進吧！」

劉嘯一進去，就看見海城的市長正站在沙發前，微微笑著。

「市長您好！」劉嘯立即走過去，「沒想到在這裏能夠見到您！」

「你好你好！」海城的市長呵呵笑著，「快請坐！」又看著劉嘯身後的張小花，「這位大概就是張氏企業的掌門千金吧，你好！」

「這位是海城的馮市長！」劉嘯給張小花介紹。

「您好，馮市長！」張小花過去握了手後，就坐在角落的沙發裏。她才不管對方是誰，她今天所有的計畫都被這些人給搞亂了。

「我到外地開會，剛好路過封明！」馮市長笑說，「聽說你準備在封明投資？」

劉嘯就知道八成還是這事，忙道：「現在還沒定呢，早上是被媒體們圍急了，隨口一說而已，沒想到大家都當真了，我正為這事發愁呢！」

「這有什麼好發愁的呢！」馮市長擺了擺手，「你只管在海城安心經營就是了，只要你抱定這個心思，我想是沒有人可以影響到你的嘛！」

劉嘯心想：你說得倒是輕鬆，有那麼簡單就好了。

其實劉嘯非常理解這些地方政府的心思，一方面是軟盟現在的企業價值和利潤都在飆升，一舉成為一個名副其實的納稅大戶，每年能夠為所在的地方政府貢獻數十億美金的財政收入，誰都願意把這樣的財神供在自己的地盤上；第二方面，國內能夠向外輸出高技術含量的企業不多，誰要是把軟盟爭取過來，誰就擁有了一張拿得出手的名片。

張小花一聽，就很不高興，縮在沙發裏不說話。

「你有什麼顧慮就說出來嘛！」市長看劉嘯不說話，問道。

「公司在發展上有全盤的計畫，我個人的任何決定，都必須符合全盤的考量，要經過公司決策層的集體商議之後才能執行！」劉嘯解釋，「所以請市長放心，今天只是我個人的言論，不代表軟盟的決策發生改變。」

「那就好！」馮市長微微頷首，「市裏正在考慮推出一系列對於高新企業的扶持政策，尤其是像你們軟盟這樣的企業，今後市裏會加大扶持的力度。」

「對！對！」市長的助理也點著頭，「馮市長和市府的決心很大，推出這些政策，就是要打造出一大批國內知名、世界一流的高新企業。」

劉嘯笑說，「多謝市府和馮市長對我們這些企業的支持，我們今後一定會更加努力。」

張小花一聽就頭疼，又是這些客套話，於是她站了起來，道：「我突然想起來還有件急事要辦，非常抱歉，我得先走一步了。」說完看著那個市長，「馮市長，再見，實在是對不住！」

「沒事沒事！」馮市長笑呵呵擺著手，「你有事就去忙！」

劉嘯知道張小花的意思，她一定是對自已在軟盟要不要搬到封明的態度來回搖擺有意見了，不過他也沒辦法，只能這麼說，於是道：「那你先去辦事，我一會兒再聯繫你！」

張小花擺了擺手，走了出去。

馮市長看著張小花離去，道：「我聽說你和這個張氏企業千金的關係不錯？」

「對，我們以前是同一所大學，現在她是我女朋友！」劉嘯回答。

「哦，原來是這樣啊！」馮市長心想：怪不得劉嘯會說那樣的話，原來是女朋友在旁邊，剛才一看，這兩人還真是郎才女貌、門當戶對，沒有意外的話，將來肯定是要修成正果的。如果是這樣的話，那只要張氏的千金吹吹風，軟盟搬來封明就很有可能，畢竟軟盟沒有什麼固定資產，只要想搬，隨時都能搬走，沒有什麼牽絆。

市長助理怎麼能不知道市長心裏是怎麼想的，只幾秒鐘的時間，他便想出了對策，道：「對了！市裏已經劃出了一塊地皮，準備交給軟盟用作建設辦公大樓，你們可是咱們海城的一塊招牌，再和別的企業擠在一個辦公大樓裏不太合適。」

市長一聽大喜，只要軟盟答應，那就是在海城紮了根，以後想搬走，也不是那麼容易的事了，於是頷首道：「對，沒錯，這事本來是想等市裏的政策出爐之後一起告訴你們的。」

市長本以為劉嘯肯定會很痛快答應，沒想到劉嘯卻搖頭道，「多謝市裏對我們軟盟的支持，軟盟現在也的確需要一個屬於自己的基地，但這塊地皮我想軟盟恐怕暫時不能接收。」

「為什麼？」市長助理急急問道。

「因為軟盟現在手裏已經有了一塊地皮，當時封明設項高新區時，我們的大股東熊漢臣先生就在封明為軟盟購置了一塊地皮，只是軟盟一直沒有富裕的財力來進行修建。現在公司財力好轉，這個事情也就被提到了議程上，在還沒有做出最後的決策前，我不能接收海城的這塊地皮，萬一……」

劉嘯話說到一半，便不說了，但意思那兩人都明白了，就是說軟盟的決策層還沒決定是否繼續留在海城，所以不能收海城的地皮。

馮市長的臉上就很不好看了，心裏很生氣，這封明市處處跟自己作對，竟然連這個都算計在自己前面。一旁的助理也傻了，他就是再能幹，一時半會兒也想不出什麼好的對策來。

「其實……」劉嘯頓了頓，道：「其實軟盟這種企業，對根基的依賴性並不強，也並不是非得有一個固定的基地才能繼續運營下去，我們在國外同樣沒設一個辦事處，但產品卻銷到了世界的每個角落。」

市長聽出了這事有轉機，就道：「你有話就說！」

「軟盟這種技術型的企業，更需要的是一種軟性的支持！」劉嘯看著馮市長，「我知道海城在一年前就啟動了一個網路升級改造的計畫，後來因為多次意外網路事件的發生，這事就擱置了下來，也讓海城顏面大損。」

市長沒說話，這事確實讓他很惱火，花了那麼多錢，卻換來一個爛攤子，這是他的一個恥辱，現在海城誰也不敢提這事，誰提馮市長就跟誰翻臉，現在劉嘯提起，馮市長也是臉色很不好看。市長助理尷尬地咳了兩聲。

劉嘯道：「現在軟盟手裏剛好上馬一個新的課題研究，叫做『多梯次網路防禦系統』，旨在建立一套全新的網路安全體系，解決像海城這樣的大城市在遭受突然網路襲擊時的各種安全問題。」

「這個想法很好！」市長助理捏著下巴，「你繼續說！」

「但光有想法是不行的，我們這套體系歸根結底，是為像海城的這樣大城市來服務的，如果沒有這些大城市的支持和合作，我們的研究根本無法進行下去！」劉嘯頓了頓，看著馮市長，「我想，如果市府肯把海城網路的升級改造計畫交給軟盟來做，這樣一來，非但市裏擱置的項目可以重新啟動，軟盟也沒有了離開海城的理由。」

馮市長終於明白了劉嘯的意思，他這是要拿海城的網路當試驗，來搞他們的那個課題研究，膽子可真是不小啊。

助理也是嚇了一跳，心想劉嘯還真敢開口，竟拿這個來要脅海城市府。

「凡事預則立，不預則廢，當時拋出網路的升級改造計畫，絕對可以看出市府在這方面的決心和高瞻遠矚，只是在後來執行的過程中，市府把過多的財力投在了硬體的升級改造上，卻忽略了在軟體方面的投入，最後就造成不小的損失！」

「不對！」助理趕緊反駁道：「當時我們請了全國最好的專家和工程，針對海城開發了一套全新的網路控制系統和緊急回應體系，市府在軟體方面，也是投入了同樣大的財力人力！」

「可不得不承認的是，最後的問題就是出在這套應急回應體系上，一個軟體策略上的小小失誤，就讓所有的硬體都變成了攻擊者的幫凶，讓一個城市瞬間陷入了癱瘓無序狀態！」劉嘯盯著助理，把他的氣勢一下就壓了下去，助理頓時變啞巴了。

「那你給分析分析，看看為什麼會出現這種結果呢？」市長開了口。

「我想最主要的原因，是開發時間太緊，從項目上馬到最後的完成，中間只有不足半年的時間，正是由於時間上的倉促，使得軟體發展人員沒有時間對這套系統做出有針對性的安全測試，讓一套漏洞百出的系統就開始為海城的網路服務了。」劉嘯提出自己的看法。

馮市長沉默了一會兒，道：「你說的有些道理，繼續說下去！」

「好，那我請市長您好好想一想，那天系統剛一落成開通，便遭到駭客攻擊，是什麼駭客這麼厲害，竟然可以在這麼短的時間內弄清楚這套系統的漏洞？」劉嘯看著馮市長，「這就是我要說的第二個原因，也是海城網路改造項目失敗的根本原因。那套為海城設計的網路控制系統，以及應急回應體系，從技術結構上講太落伍了，正是由於這種結構上的落伍，才讓攻擊者輕車熟路地在很短的時間內找到了破綻所在，然後發動了針對性的攻擊！」

市長沒說話，他不懂安全技術，但從劉嘯今天的分析，再結合之前那些專家對於事故原因的結論，他認為劉嘯說得應該是正確的，也只有這樣，一切才能解釋得合理，因為時間緊迫，軟體的設計者採用了更為成熟的現有技術結構進行開發，也沒有做好測試工作，才導致了最後的失敗。

「在網路安全這個領域內，沒有絕對的安全，只有新的技術和新的結構，才能保障一段時間內的安全領先優勢！」劉嘯捏了捏手，「這也是我們軟盟的產品能夠受到那麼多客戶青睞的原因，我們的策略級就是一種全新的安全結構體系。海城網路改造計畫就那麼窩囊地擱置下來，我知道馮市長心裏肯定是很不甘心，而我們軟盟是空有技術和想法，卻沒有發揮的舞臺，如果馮市長能給我們一個機會，我們肯定不會讓您失望！」

劉嘯這話算是說到了馮市長的心裏，現在他還真是抬不起頭來，花上百億搞了一個工程，結果被人家駭客拿小拇指輕輕一捅，就轟然倒塌，海城市府已經快成為了所有人眼裏敗家政府的代表了。

「馮市長可以慢慢考慮！」劉嘯說著直起身子，「這個項目其實我們不愁合作者，就算在國內找不到合作者，那還有國外，我們現在已經和幾個國外的政府簽定了合作的意向書，我今天之所以要提這個事，是因為我確實想幫市裏做一些事。我們可以不拿市裏一分錢，甚至是可以倒貼，但如果我們今後真的留在海城，我不想讓人說海城空有一個世界最好的網路安全機構，自身的網路卻是世界上最差勁的，這不光彩！」

馮市長被劉嘯這番話說得也是心裏一陣憋屈，最後一咬牙，道：「如果真交給你們做，你們能夠保證什麼？」

「我們不能全部保證，但我保證我們的研究不會影響到海城人民的正常生活秩序！」很少打包票的劉嘯，今天破天荒在技術上做了一個保證。

「好！」馮市長一拍大腿，「這事我回去後就向市委報告，一個星期之內，我肯定給你一個明確的答覆。」

「那我就等著市長的好消息！」劉嘯心裏有些激動，不管如何，只要海城市府肯考慮這件事，自己就不必一直等著網監那邊的消息了。

劉嘯回到自己房間，發現張小花趴在沙發上已經睡著了，手裏還握著電視的遙控器。

「起床了！」劉嘯走過去，把張小花推醒，「要睡就到床上去，睡沙發小心感冒！」

「幾點了？」張小花迷迷糊糊醒過來，朝自己手上的表看去，然後跳了起來，「呀，這麼晚了啊，慘了，我得回家去了，不然又要被老爸罵！」

「這麼晚了，我送你吧！」劉嘯趕緊道。

「呵呵，你送我回去，那我不是又得送你回來！」張小花樂了起來。

劉嘯覺得非常過意不去，說好陪張小花逛街，結果卻讓張小花陪著自己聽了一天沒營養的客套話，於是道：「一定要送，好像我還從沒送你回家過，怎麼，不給機會啊？」

張小花一眨眼，道：「那好吧，我就給你一個做紳士的機會，走吧！」

劉嘯就拿起張小花的包，做出一個非常紳士的動作，「請吧，張小花小姐！」

張小花取了車，就載著劉嘯朝自己家的方向駛去。

走到一半的時候，張小花突然把車往路邊一靠，停了下來。

「怎麼了？」劉嘯問。

「睡覺睡得有些口渴！」張小花往路邊一指，「那邊有家便利商店，你幫我買瓶水！」

「是，遵命！」劉嘯下了車，朝路邊的便利商店走去。

張小花坐在車上，看著劉嘯進了便利商店，臉上一臉得意和幸福的表情。

一輛黑色的商務車此時緩緩從張小花的車旁經過，停在她的車子前面。車上下來一個人，看體型非常地壯碩，那人從兜裏掏出一根菸，點著了在那裏吸著，看見劉嘯從便利商店走出來，便迎了上去。

張小花隱隱聽見那人似乎問了劉嘯一句「環海路怎麼走？」，劉嘯朝那人比劃著路線，那人不住地點著頭，突然卻猛一抬手，朝著劉嘯後腦勺砸了下去。就見劉嘯身子一軟，被那人抱進那輛商務車裡，快速離去了。

事發突然，張小花一時還反應不過來是發生了什麼事，等她回過神來，意識到大事不好，猛踩油門朝那輛商務車追了過去，一邊急急地撥了張春生的電話，瘋狂地吼著：

「爸，不好了！快，劉嘯被人綁走了！劉嘯被綁走了！」

不到十分鐘的時間，封明市府就做出反應，封閉全市所有出城的路口，警方檢查之後方能出城，以防止劫匪將人帶出封明。隨後，全市能派出的警力全部被分派到各個重要交通路口，對來往所有可疑車輛進行盤查。

張小花追了不久，便將對方的車追丟了，張小花憑著直覺又追出幾條街，已經徹底失去了對方的蹤跡，只得把車子靠邊一停，使勁砸著方向盤，然後趴在那裏嚎啕大哭。

她很後悔，要是自己剛才不讓劉嘯去買水，或許就不會發生這樣的事，要是劉嘯真有個好歹，自己真的不知道該怎麼辦了。

張春生的電話此時打了過來，「姍姍，你在哪裡？」聽到張小花的哭聲，張春生忙道：「你先別哭，不要慌，現在最要緊的是趕緊找人，哭有什麼用！」張小花還是不停哭著。

「你現在人在哪裡？我叫人過去接你！」張春生急道，「現在所有人都在市裏的交通指揮中心，還等著你過來把事情過程說清楚呢！」

張小花擦了兩把眼淚，哽咽著道：「我現在就過去！」

張小花抽泣一聲，扔掉電話，然後一踩油門，調頭快速駛去。

第六章　脫身辦法

劉嘯沒好氣地瞪了他一眼，然後靠在椅子裏閉目養神，這夥人肯定是策劃已久了，既然敢給自己三天時間，那就是說，他們有把握在三天之內讓警方找不到自己，劉嘯努力讓自己冷靜下來，他得趕緊想出一個脫身的辦法。

幾分鐘後，張小花終於到了，被門口的警察直接帶到了指揮中心的控制大廳。

「姍姍！」張春生快步上前，把張小花上下左右打量一番，確認張小花沒事，這才鬆了口氣，「來，大家都在等著了，你趕緊把情況給大家說一下，到底是怎麼回事！」

「那是一輛黑色別克商務車，車牌是封HJ2894。我看見一個人，三十歲左右，非常短的頭髮，人很強壯。劉嘯是在一家便利商店門口被這個人打暈之後劫走的，我追了一陣子後，把對方追丟了！」張小花一口氣把情形說完，又開始哭了起來。

「你先別哭，好好想想，看還有沒有其他事要說，這對找到劉嘯很重要！」張春生忙安慰著。

鄭市長立刻安排工作，「你們馬上去查這輛車，通知所有人，一旦發現這輛車子，立刻向我報告。先跟緊車子，在沒弄清楚狀況之前，不能擅自行動，以防止歹徒情急之下傷害人質，讓特警隊做好準備，多準備幾套方案，一旦發現劫匪，務必最短時間出動！」

鄭市長話音一落，旁邊那幾個公安局的頭頭立刻展開行動，把市長的命令傳達給各自的下屬。

刑警隊長走到張小花跟前，「張小姐，你先不要著急，你好好回憶一下那劫匪的樣子，配合繪圖人員畫像，這樣對於快速鎖定嫌犯有很大幫助！」

張小花點了點頭。

「那好，請張小姐跟我過來，我馬上安排人畫像！」刑警隊長說完一抬手，把張小花領到了一旁，張春生不放心，也跟過去，幫著穩定張小花的情緒。

「劉嘯是在封明被人綁走的，這是我們封明市的恥辱，此事如果處理不好，將會大大影響到我們封明市的形象還有我們高新經濟區的招商引資工作，後果將非常嚴重，可以說，只要明天天一亮，全國人民的視線就會都盯向我們封明！」

鄭市長大為光火，白天他剛剛和劉嘯談得差不多，晚上就出了這麼大一件事，「我宣布就地成立專案組，由我擔任組長，公安局的汪局長和市刑警隊的郭隊為副組長，務必盡全力處理好這件事，一定要將劫匪找到，一定要保證劉嘯的人身安全！」

「那我們現在就各自分派一下工作吧！」汪局長看了一下眾人，「交通大隊負責路面情況，檢查出城車輛以及市裏的一切可疑車輛；各派出所民警即刻全部深入到各個社區街道，瞭解情況，尋找線索；刑警隊負責從我們現有的資料庫裏分析排查，看看會不會是慣犯所為；另外，獄警那邊也不能放鬆，看看能不能從現有服刑人那裏得到什麼線索；鄭市長和我坐鎮指揮中心，負責全局協調。」說完，汪局長看著鄭市長，「你看這樣安排沒什麼問題吧？」

「就按照汪局長分派的去做！」鄭市長頓了頓，「但我有一點要提醒大家，劉嘯是個公眾人物，影響力很大，而且他對我們封明市的發展做出過巨大的貢獻，如果我們連一個對封明有恩的人物都無法保護好，那我們也不必再幹下去了！」

鄭市長這話等於是給所有人敲了警鐘，如果不把劉嘯完整地找回來，那就全部下課。眾人當下再不遲疑，迅速離開，親自到第一線指揮去了。

熊老闆此時也得到了消息，匆匆趕到交通指揮中心，進門看見鄭市長，就急急問道：「鄭市長，到底是怎麼個情況？」

鄭市長安撫著熊老闆，「熊先生，你不要著急，現在我們已經出動了市裏所有的警力，相信很快就能找到劉嘯。」

「怎麼會發生這樣的事呢！」熊老闆也是又急又怒，「一個大活人，就在大街上被人綁走了！」

「這是我們的失職，是我們沒有把治安工作做好！」汪局長看鄭市長都沒話說，自然也不敢說什麼，把所有的罪過都攬了下來，「你放心，我們一定會給所有人一個滿意的交代！」

熊老闆才懶得聽這種毫無營養的話，看那邊張氏父女也在，就走了過去。

「熊老弟，你也來了！」張春生看見熊老闆，就站了起來，「唉，事情已經發生，你也不必太著急，現在所有人都在努力找劉嘯呢！」

「你說怎麼會發生這種事呢！」熊老闆十分納悶，他天天待在海城，也不見出什麼事，怎麼偏偏到了封明就出了事，而且劉嘯還是剛出現在封明就被人盯上了，是誰能這麼短時間內就策劃出一起綁架案呢。

「這我也是想不通啊！」張春生更是摸不到頭腦，他在封明家大業大，勢力錯綜複雜，又和市府關係非常好，所以黑白兩道乃至是地頭痞子，都得給張春生幾分面子，現在他的準女婿被人綁走了，自己竟連一點風聲都沒收到，這太不正常了。

此時方國坤也在家裏接到了電話，得知劉嘯被人綁走，立刻就通知屬下所有人到單位集合開會，通報情況。

「大家都坐！」方國坤一邊示意大家坐下，一邊問道：「大家把情況通報一下，有什麼線索？」

「根據從封明得到的消息，劉嘯是在送張小花回家的途中，在一家便利商店前被人綁走。劉嘯的個頭大家也都清楚，對方能夠將一個健全強壯的成年人瞬間擄走，這說明劫匪十分專業，而且力氣很大。此外，對方選擇在便利商店門口下手，說明從一開始就尾隨著劉嘯，隨時尋找作案的時機。」

「根據張小花提供的車牌號碼，我們查了一下，車牌應該是偽造的，這輛車也不是封明本地的車，而是與幾天前海城通報遺失的一輛車子非常相似，因此我判斷，劫匪來自海城，一直跟隨劉嘯到了封明，伺機作案！」

「你的意思是說，這夥劫匪在封明並沒有據點，擄到劉嘯之後，應該會尋機離開封明？」方國坤問。

「應該是這樣，但目前封明警方控制了所有出城道路，並沒有發現劉嘯。」那人皺了皺眉，「另外根據張小花提供的劫匪特徵，我們分析，這不是一般的劫匪，劫匪特徵與這個人非常相似。」

此時，大螢幕上出現一個人的照片，長相非常凶悍。

「此人是特種兵，受過專業格鬥刺殺訓練，退伍後曾經與人私鬥，導致多人死亡和重殘，後來潛出國境，成為一名職業傭兵！」

「職業傭兵？」方國坤一聽連雇傭兵都牽扯進來，就知道這不是一起平常的綁架案，對方應該不是要勒索錢財，目前也沒接到綁匪的勒索要求。

小吳此時開口道：「頭，你說會不會是F・SK這次被劉嘯陰了，懷恨在心？」

方國坤搖頭，「不會，現在他們把那麼一大筆錢送到劉嘯手裏，等著軟盟給他們交貨，這時候劉嘯根本不能出事，否則他們的生意就會出大麻煩。」

「那會是誰呢？」小吳一時也想不出誰來了。

「劉嘯到海城這半年多來，得罪了不少人，軟盟的吳非凡集團、地下駭客組織DTK，這次更是惹下了不少國際大鱷，這樣吧！」方國坤看著小吳，「你去把這些人的資料再仔細調閱一下，看看誰比較有嫌疑！」

「是！」小吳應著。

方國坤又交代剛才作報告的那人，「你設法去弄到這個雇傭兵的資料，看看他最近都受了哪些人的雇傭！」

「是！」那人立即遵命。

「劉嘯是國內高新企業的代表人物，他在封明出事，我估計封明市府現在也已經亂作一團了，以他們的情報水準，只能把事情越弄越亂，我準備立刻前往封明，去協調這件事。家裏就交給你們了，一定要把情報工作做細，任何一個細節都不能放過，一有消息，立刻通知我！」方國坤看著眾人，「從現在起，所有人二十四小時保持通訊線上，隨時接受調遣！」

「是！」所有人站起來立正。

「好，散會，大家分頭去忙！」方國坤說完，喊住了小吳，「你等一下！」

「頭，什麼事？」小吳等眾人走了，才問道。

「依我看，這次的事件十有八九是尋仇，我去封明之後，你通知黃星，讓他隨時注意網路方面的動態，任何一個細節都必須彙報！」方國坤交代。

「你是說在網上搜索可疑消息？」小吳沒理解。

「這種事情能在網上說嗎？」方國坤恨不得敲一下小吳的腦袋，「我是說，讓黃星從此刻起嚴密監控網路上的可疑事件，特別是關鍵網路，只要有任何異常，必須馬上向我彙報！」

「是！」小吳這下聽清楚了，但還是不太明白，「頭，這有什麼用？」

「沒時間解釋了！」方國坤已經站了起來，「你照我說的，一字不差給黃星吩咐過去就行！」

「是，我馬上去辦！」

劉嘯摸著自己的後腦勺，終於清醒了過來。他還納悶著，自己正比劃路線呢，就「嗡」一下腦袋一懵，然後就什麼都不知道了。這是怎麼回事？

「你醒了？」一個冷冰冰的聲音響起。

劉嘯只覺得眼前一亮，屋子裏的燈被打開了，對面坐著一個三十多歲的人，長相很斯文，也戴著一副金絲眼鏡，形象氣質，倒跟廖成凱有幾分相似。他的背後站著一個人，劉嘯認識，就是那個向自己問路的人。

「你是誰？」劉嘯環視一下四周，就明白了過來，這肯定不是請自己來喝茶的。

「我是誰不重要！」那人吸了一口菸，然後慢悠悠吐著菸圈，「關鍵是我知道你是誰！」

劉嘯揉著腦後的大包，道：「那你們找我有什麼事？」

「放心，我們不要錢，也不要你的命！」那人掐滅了菸頭，「我們想請你幫個忙！」

「切……」劉嘯嗤了口氣，「就用這種方式請我幫忙？」

「這是你欠我們的，不幫都不行！」那人嘿嘿冷笑，「如果劉先生記性不差，應該還記得ＤＴＫ吧？」

「哦？」劉嘯有些意外，「你們是ＤＴＫ組織的？」

那人搖頭，「只要劉先生還記得ＤＴＫ，這事就好辦了！」那人頓了一頓，站了起來，「但我們不是ＤＴＫ的！」

「那你們這是什麼意思！」劉嘯納悶，原來不是報仇的啊！

「ＤＴＫ技不如人，活該翻船！」那人鄙夷地冷哼一聲，「實話說吧，上次ＤＴＫ組織來到中國，就是受了我們的雇傭，我們不關心他們的死活，只關心我們的事做成了沒有。可惜的是，由於劉先生的多管閒事，ＤＴＫ沒能完成我們交代的事情，極大浪費了我們的時間和感情，劉先生，你說你是不是欠了我們啊！」

那人笑呵呵地看著劉嘯。

「那你們的意思是……」劉嘯已經大概猜出了對方的意思。

「劉先生力挫ＤＴＫ，這說明劉先生的水準遠在ＤＴＫ之上，只要劉先生肯幫忙，幫我們辦成了這件事，那咱們之間便誰也不欠誰的，之前的帳一筆勾消。」那人笑了起來，「這不為難你吧？」

劉嘯伸了伸腰，笑道：「為難倒是不為難，只是我不知道我能得到什麼保證？」

「事情辦成之後，我們會給封明市發去勒索要求，這就是一樁很普通的綁架勒索案，只要封明市滿足我們的要求，劉先生會毫髮無損地回去。」

那人掏出一根菸，放在手指上敲著，「劉先生考慮一下吧！」

「我有選擇的權利嗎？」劉嘯聳了聳肩，「說吧，什麼事？」

「進入封明的發電供電網路！」那人看著劉嘯，「對劉先生來說，這不難吧？」

劉嘯搖了搖頭，「不可能！供電網路是國家的關鍵網路，是一個國家運轉的命脈所在，為了保證電網安全，每個國家都會設計一套屬於自己的專屬通訊協議，這是一個國家的最高機密，沒人會知道！」

「要是隨便是個人都能知道，那還用請劉先生過來嗎？」那人笑了起來，像是聽到了一個極為可笑的笑話，「不過我要說的是，ＤＴＫ曾經成功過，可就在他們成功的時候，被劉先生給毀了，除了我們，他們其餘的事情全招了，中國在最短的時間內更換了新的通訊協議！」

「你是要我幫你破譯這套通訊協議？」劉嘯終於明白了對方的真實意圖。

「劉先生是聰明人，我想你知道答案！」那人沒有明說，只是呵呵笑著。

劉嘯搖了搖頭，「這根本辦不到，破解協議規則需要很長的時間。我想現在整個封明都已經給攪得天翻地覆了，警方很快就能找到這裏，不如換個難度低點的？」

「你沒有選擇的權利！」金絲眼鏡突然換上一臉狠色，「我只給你三天的時間，三天之內你必須搞定，否則……」

金絲眼鏡沒說出來，但見他身後的壯漢突然一把抓起金絲眼鏡剛才坐的那把椅子，然後使勁往膝蓋一磕，那把椅子頓時就變成了幾根燒火棍，嘩啦啦散落一地，意思很明顯，如果三天之內劉嘯搞不定，下場就跟那椅子一樣。

劉嘯很惱火，還不如直接給自己一個痛快呢，要他三天之內破解一套從未接觸過的通訊協議，根本就不可能，就算以前DTK成功過，那他們當時潛入國內已經很長時間了，而且有那麼多人共同合作，這金絲眼鏡讓自己一個人幹這件事，根本就是沒打算讓自己活。

金絲眼鏡拍了拍手，屋子的一個小門就被人推開，進來兩個人，一人抱著一台筆電，另外一人拉著網路線，進來後把電腦往劉嘯面前的桌上一放，插上網路線，試了試網路已經接通，就又走了出去。

「這台電腦上，我們已經給你準備所有可能要用到的工具軟體，供電網路中存活在互聯網上的電腦地址我們也已經幫你搜集好了，剩下的就看你的了！」那人冷冷看著劉嘯，「記住，只有三天的時間！」

「既然你們什麼都準備好了，為什麼不自己去弄？」劉嘯看著對方，「這對你們來說，不是什麼難事！」

「以前不是，但現在是！」金絲眼鏡眼裏露出一絲怒火，「供電網路現在已經全部採用你們軟盟的策略級防火牆，雖然我不喜歡你，但我還是不得不承認，你們的這套防火牆很有一套！」

劉嘯「哦」了一聲，原來網監採購走的那麼多產品，是被裝設在這些關鍵網路裏，「你就不怕我在電腦上搞鬼！」

「這台電腦連接的是個虛擬的網路，你發出去的任何指令和消息，都會經過外面三道通訊伺服器的檢查之後才能被轉發出去，我們已經請了最好的資料分析專家坐在了那裏！」金絲眼鏡面有得意之色，「一會兒還有ＤＴＫ的人陪著你一起弄，你想怎麼搞鬼？」

金絲眼鏡說完，哈哈笑了起來，能想到的他早都想到了，而且都安排好了，劉嘯就是有天大的本事，也不可能從這裏發出任何一條求救訊息。

劉嘯一陣頭疼，ＤＴＫ的人水準不弱，如果一直守在自己身邊，自己根本一點搞鬼的機會都沒有。

「劉先生，時間可不等你，趕緊動手吧！」金絲眼鏡陰笑著朝那台電腦伸出手，「我可等著你勝利的消息了！再見！」

金絲眼鏡說完，便笑呵呵地離開了。

隨後進來一個老外，逕自坐到了劉嘯身邊，看樣子這就是ＤＴＫ的人了。

那個壯漢也不知道從哪兒又拉出一把椅子，放在門口，然後坐了下去，順勢還把那條網路線牽在自己手裏。

劉嘯極度惱火，狂亂抓著頭髮。

「Please！」DTK的那人看劉嘯半天沒動作，不忘提醒一句。

劉嘯沒好氣地瞪了他一眼，然後靠在椅子裏閉目養神，這夥人肯定是策劃已久了，既然敢給自己三天時間，那就是說，他們有把握在三天之內讓警方找不到自己，劉嘯努力讓自己冷靜下來，他得趕緊想出一個脫身的辦法。

封明市警方的這番大動作很快引起了媒體的關注，市民們也是摸不著頭腦，大半夜的，警笛亂響，這些警察全躥大街上幹什麼，難道是某個國家政要要到封明來？

第二天一大早，封明市的報紙、電視臺，第一時間把劉嘯被綁的消息放了出來，市民這才知道昨晚鬧哄哄的是在幹什麼。看滿街都是警察，大家就知道還沒找到劫匪，人們不禁為劉嘯感嘆，心想這個劉嘯還真夠倒楣的，剛剛成為富豪，才風光了兩天就被人綁走，要是被撕了票，就太可惜了，好日子都還沒來得及享受呢。

錢萬能和商越也是此時才知道劉嘯被綁走的消息，兩人都急急去找張春生，想問問現在到底是個什麼情況。

張春生與張小花雙眼通紅，他們在交通指揮中心等了一晚上的消息，剛剛才回到酒店。張小花神色很黯然，一句話也不說，不知道她在想些什麼。

「怎麼樣？有沒有消息？」錢萬能問道。

張春生搖了搖頭，「昨天晚上警察就把封明市翻了一遍，一點線索都沒有，現在他們正在動員人手重新排查，把找過的地方再找一遍。」

「怎麼會發生這樣的事呢！」錢萬能拍著手，來回踱了兩圈，「劫匪有沒有來消息？他們要多少錢，我們全部照付，只要人能安全回來就行！」

「目前沒有劫匪方面的消息！」張春生嘆了口氣，皺著眉，「公安局分析，這可能不是一般的勒索綁架，綁匪或許有其他的目的。」

「劉嘯會不會有什麼危險啊？」商越也是一臉憂色，顯得非常焦急。

「希望沒有危險吧！」張春生也不知道該怎麼回答這個問題，他又不是這方面的專家，摸不準劫匪的脈，只是他也希望劉嘯沒有危險，能夠安全回來，「有消息，我會儘快告訴你們的！」

張春生說完，搖了搖頭，過去把在一旁愣神的張小花扶了起來，「姍姍，你不要太著急，劉嘯肯定沒事的，你先上去休息一下，警局那邊有我盯著呢！」

看著張氏父女上樓，錢萬能急得滿地打轉，「沒消息、沒消息，沒消息這可怎麼辦呢？」

轉了兩圈，他像是想起來什麼，從兜裏掏出手機開始撥號，一接通就急忙道：「劉嘯被人綁了，你知道嗎？」

電話裏傳來方國坤的聲音，「這事我早知道了，我現在已經到封明來處理這件事了！」

「這到底怎麼回事？我記得你們以前從沒出過這樣大的事故啊，被保護的對象都被人綁走了！」錢萬能大聲質問著。

「我們也不想出這樣的事故！」方國坤頓了頓，「你放心，不管是什麼人，只要敢在我的地盤上動我的人，我絕不會放過他的！我已經掌握到一些線索了！」

「光說這些有什麼用，你們平時的那些手段呢，趕緊全都拿出來啊！」錢萬能急得直撓頭，「至少得先弄清楚劉嘯現在是個什麼狀況吧，有沒有危險！」

「我已經到酒店門口了，進來再說，掛了！」方國坤掛了電話。

錢萬能收起電話，朝酒店門口一看，此時方國坤走了進來，他趕緊小跑過去，「你來了就好，快跟我說說，到底是個什麼情況？」

方國坤示意他不要著急，道：「初步估計，這是一起尋仇綁架案，除此以外，我想對方擄走劉嘯還有其他的目的。」

「尋仇？」那邊的商越可是聽得清清楚楚，「劉嘯他會有什麼仇人？你不會是弄錯了吧！」

「這只是推斷，他的仇人不是一般意義上的仇人！」方國坤看著商越，「劉嘯的事就交給我來負責了，現在最主要的是軟盟不能出什麼問題，你也知道，這個世界上有很多人巴不得軟盟越亂越好，這樣他們才有機會下手，所以我想，你應該馬上回到海城去，負責穩住軟盟的局面。你放心，劉嘯暫時不會有什麼危險！」方國坤早知道商越還要問，提前把她的話頭堵住了。

商越沒說話，似乎有些不願意走，她至少得確認了劉嘯的消息才能走啊，否則回去之後怎麼對同事交代。

「對對對！」錢萬能到底是老道一些，回頭來勸著商越，「方先生說的對，再說，找劉嘯的事，咱們也幫不上什麼忙，一會兒我就通知我老婆，讓她跟你一起回海城去。」

商越無奈，只得點了點頭。

「好，那你趕緊上去準備一下吧！」錢萬能把商越打發走，回頭看著方國坤，「方先生，來一邊談，看看有沒有什麼我能幫上忙的！」說完，他就把方國坤領到了旁邊僻靜的地方，商量著怎麼營救劉嘯的事去了。

劉嘯迷迷糊糊地醒了過來，伸了伸腰，他想著脫身之計，居然給想得睡著了，也不知道睡了多久，可惡的金絲眼鏡居然把自己身上的東西都弄走，劉嘯摸了半天，連個看時間的傢伙都沒有。

劉嘯往旁邊看了看，發現那壯漢瞇著個眼，不過他應該沒有睡著，拿餘光在看著劉嘯。而那個DTK的傢伙，已經靠在椅子上在流口水了。

「別睡了！」劉嘯踹了那人一腳，「幹活了！」

DTK的人一下醒了過來，看見劉嘯正在皺眉瞪自己，忙坐直了身子，用手擦著口水。

「砰砰砰！」此時傳來敲門聲。

壯漢把椅子拉開，打開門，進來一個人，手裏捧著個餐盤，裏面放了不少吃的喝的，往劉嘯面前的桌上一放，就轉身走了。

壯漢過來拿起一份，又把椅子搬回原地，慢慢嚼著東西，一邊打量著劉嘯，也不說話。

劉嘯也拿起一份，快速吞咽，然後也不等那ＤＴＫ的傢伙吃完沒，開始打開電腦，迅速敲擊了起來。ＤＴＫ的那人趕緊放下吃的，專心地盯著劉嘯敲的每一個字元。

「看看，沒問題吧？」劉嘯敲幾個字元，便問一句，就看那ＤＴＫ的人皺眉一思索，然後點頭，「ＯＫ！」

劉嘯再繼續敲下面的字元，完了又問，ＤＴＫ的人檢查之後便點頭，時間一久，那ＤＴＫ的人點頭就點得有些暈，看見字元思考的也就沒那麼周全，只是粗粗一看，覺得沒有問題，就點頭「ＯＫ」通過！

ＤＴＫ這位專家的這種狀態沒有持續很久，就聽又傳來敲門聲，壯漢拉開門，只見又進來一位老外，朝之前的那個老外打了個招呼，便坐在了劉嘯身旁，繼續負責監督劉嘯的動作。

而那個老外就摸著發暈的頭走了出去，他有些頂不住了，這監督別人比自己親自動手還要累，搖了半天「撥浪鼓」，自己都快分不清東西南北了。

「靠！」劉嘯恨恨地捶了下鍵盤，自己這半天白忙活了，對方看來早已經準備好了多個替補隊員啊。

「看看，有沒有問題！」劉嘯此時就很沒有好氣。

這個老外顯然很聰明，他不搖頭也不點頭，看完代碼，直接敲了兩下桌子，「Pass！」劉嘯又「靠」了一聲，繼續敲代碼，然後一停下，就聽那老外道：「Pass！」

就這樣弄了幾個小時，等送飯的人再次進來，劉嘯站起來活動手腳，道：「叫你們的負責人來吧，程式寫好了！」

等幾人吃完飯，金絲眼鏡走了進來，笑呵呵地道：「劉先生到底是高手，這麼快就弄出方案了！」

「這個程式你拿去測試吧！」劉嘯冷冷說著。

金絲眼鏡走過來，看見一個編譯好的程式已經放在電腦桌上，便問道：「這個程式是做什麼的？」

「這是一個機關程式，第一次運行之後，它會造成宿主電腦的一個正常的操作失誤，由此會損壞一個系統檔，造成系統無法正常運行，必須重新安裝系統或者將系統還原。在宿主電腦恢復系統的過程中，機關程式會將自己拷貝在記憶體中，以保證自己不會被清除掉，等系統恢復之後，對方的電腦肯定需要重新安裝供電網路的專用通訊協議，此時程式會把對方的協議安裝包完全截獲下來。」劉嘯皺眉看著對方，「我說的這些，你能聽懂不？」

金絲眼鏡尷尬地笑笑，「我不懂，有人懂！」說完看著旁邊ＤＴＫ那人，「程式沒有問題吧？」

「沒有任何問題！」那人點著頭，「每行代碼都是我親自檢查過的，不存在做手腳的可能！」

「好！」金絲眼鏡笑了起來，「你馬上把程式拿過去，找電腦測試一下它的功能，要檢查仔細！」

「是！」那老外應了一聲，就把電腦抱了出去。

「劉先生，辛苦你了！」金絲眼鏡笑著，「你可以先休息一下，等一會程式測試完畢，你就可以動手了！」

劉嘯「哼」了一聲，坐回椅子裏，閉眼開始養神，懶得再搭理那傢伙。

金絲眼鏡走到門口，對那壯漢道：「照顧好劉先生！」說完，跟在ＤＴＫ人的後面也走了出去。

通過電視和網路的及時報導，劉嘯被綁架的消息迅速被流傳散布，比較盟更先做出反應的，就是海城的市府。海城市公安局局長第一時間找來記者，發表了自己的看法，他稱劉嘯為海城的企業家，此次雖然是在封明被綁，但海城市警局也有責任為確保劉嘯安全脫險盡一份力。

軟盟的人知道這個消息，也是亂做了一團，好在商越及時趕回了軟盟，和公司其他幾位主管一起穩住了局面。

考慮到軟盟現在最清閒的就是業務主管了，於是他被派往封明，一方面和警方隨時保持聯絡，關注著事件的進展，一方面負責為警方提供一些線索或者什麼的。

軟盟的合作夥伴隨後也都派人親自趕到軟盟，表示了對此事的關注，譴責劫匪，並表示願意提供一切力所能及的幫助，讓劉嘯早日安全脫險。

媒體們能趕到封明的，就第一時間趕了過去，趕不過去的，就全都守在軟盟門口，隨時打探第一手的消息。

此時的金絲眼鏡，正站在電腦前，他找來的專家運行了劉嘯設計的那個機關程式，一幫人在電腦前等了十來分鐘，發現什麼反應都沒有，金絲眼鏡就有些急了，一皺眉，對那ＤＴＫ的傢伙吩咐道：「去問問，看看是怎麼回事！」

了。

ＤＴＫ的老外一點頭，進了關著劉嘯的屋子。幾分鐘之後，他便出來

「怎麼說的？」金絲眼鏡問道。

「他說既然是操作失誤，那肯定得有操作才行，什麼都不操作，哪來的失誤！」ＤＴＫ的老外模仿著劉嘯的語氣。

金絲眼鏡頓時臉一黑，轉身看著電腦前坐著的那一幫專家，道：「看什麼看！一幫廢物，還不快趕緊行動！」

專家扭過頭去，在機子上隨便運行了一個軟體，在上面胡亂點擊著，十來下之後，就見他剛按下一個按鈕，隨即便彈出一個程式出錯的提示，程式隨後自動關閉，他再運行那個軟體，已經是無法運行了。

「出錯了！」那專家看了看監控記錄，隨後對金絲眼鏡報告著，「是很正常的軟體程式出錯，沒有一絲異常！」

金絲眼鏡很滿意，點了點頭，「繼續！」

那專家隨後重新啟動了電腦，發現進入系統之後，一直提示缺少某個重要的系統檔，電腦上的所有程式都無法執行，於是按照劉嘯說的，對系統進行重新還原。

還原過程中，專家一直在監控著記憶體的變化，記憶體中確實有一個程式，但一般人是發現不了的。

十分鐘之後，系統恢復正常，專家再去看監控記錄，發現劉嘯的那個程式已經開始在對系統的操作進行監控了，他又用目前主流的防毒軟體掃描了一遍，劉嘯的那個程式並沒有檢測出來，其實，要不是劉嘯事先提供程式運行後的存貨方式，這些專家也根本發現不了。

「程式沒有任何問題！」專家做出了最後的結論，「現在的問題是，如何把這個程式送進封明供電網路中去。」

金絲眼鏡蔑視地掃了那專家一眼，心想你們又沒有這個能力，也就只會說說這種屁話罷了，他逕自走進關著劉嘯的那間房子。

第七章　關鍵線索

「綁架劉嘯的人叫吳飛虎，是個職業殺手。我希望市長立刻下令，全力搜查這個人的蹤跡，只要弄清楚這個人的落腳範圍，就可以找到劉嘯。」

「太好了！」鄭市長總算露出一絲笑容，「這個線索太關鍵了，我現在就安排！」

「怎麼樣？」劉嘯看著金絲眼鏡，「程式沒有問題吧！」

「呵呵……」金絲眼鏡笑著，「高手就是高手，程式一點問題都沒有！」

「那就動手吧！」劉嘯從椅子上坐了起來。

「劉先生倒是比我還要心急啊！」金絲眼鏡看著劉嘯，「能告訴我這是為什麼嗎？」他對劉嘯的反應有點懷疑。

「你願意一直待在這樣的地方？被人當囚犯一樣看著？」劉嘯白了金絲眼鏡一眼，「再說，我得好好活著，然後看你是個什麼下場！」

金絲眼鏡呵呵笑道：「你放心，只要你幫我們弄到這套協議，我們絕不會為難劉先生一絲一毫，協議到手，我們立馬還劉先生自由！」

劉嘯從鼻孔裏嗤了口氣，「就算你是在哄鬼，那我也得信吶，我好像沒有別的選擇吧！」

「劉先生不要這麼說嘛！」金絲眼鏡看著劉嘯，「其實以你的本事，如果能夠一直跟我們合作的話，那我們就是朋友，我們非但不會為難劉先生，反而會讓你賺很多錢！」

「錢？」劉嘯像看傻子一樣看著金絲眼鏡，「我缺錢嗎？」劉嘯大笑，

「再說，我劉嘯還不屑交你這種朋友！」

金絲眼鏡尷尬地咳了兩聲，劉嘯現在還真的不缺錢，他聽得出劉嘯語氣裏的鄙視，「好了，既然劉先生不願意和我們做朋友，我們也不勉強，只要你能幫我們搞到這套協議，我們仍然遵守之前的約定！」

「接下來就是把那個程式送進封明的供電網路之中！」劉嘯看了看金絲眼鏡，「既然你說供電網路採用的是我們的策略級產品，那我就給你說句實話吧，這套系統不設有後門，也沒有漏洞！因為這套系統是我們的高端產品，裝配的對象大多是各政府的關鍵網路，事先要經過各種嚴格的檢測篩選，我們不可能把後門放置進去。再說了，在中國的土地上，向中國的關鍵網路出售帶有後門的產品，我們軟盟還沒有這個膽子！」

「那就是說，你也沒有辦法把這個程式送進供電網路？」金絲眼鏡隨即臉色一沉。

劉嘯沉吟了一下，「辦法倒是有一個，但事關我們產品的生死，我不可能把這個秘密暴露在你們的視線裏！」

「少跟我玩這一套！」金絲眼鏡頓時大怒，猛拍著桌子，「你必須把這個程式送進供電網路！」

「以後會不會有人我不知道，但就目前來說，能夠穿過我們軟盟的產品，順利把程式送進去的人，不會超過三個人！」劉嘯呵呵笑著，「其中一個就是我，剩下的兩個，你們也不可能像請我這樣請來！」

「你這是在要脅我？」金絲眼鏡盯著劉嘯，「要脅我的下場，你很清楚！」

「就算你不說，我也很清楚！」劉嘯往椅子上一靠，一副無所謂的樣子，「就算我幫你把這套協議弄到手，你會放了我嗎？」劉嘯搖了搖頭，「你不會！因為放了我，中國就有可能會再次更改供電網路的通訊協議，所以你們不會把我放走的！既然我已經栽到你們手裏，我也就不奢望你們有什麼慈悲心腸了，但我絕不會把軟盟也賠了進去，因為這是我的心血，我把軟盟看得比自己的生命更重要！」

那個壯漢此時悶不吭聲走了過來，劉嘯的話剛剛說完，就被他一把抓了起來，然後猛地朝牆上砸過去，劉嘯猝不及防之下，整個人結結實實地撞到了牆上，然後又跌在了地上。

一時間，劉嘯感覺自己的心臟在猛烈的撞擊之下停止了跳動，他有些呼吸不過來，他想抓自己的心臟，可渾身散了架一樣，一點力氣也沒有，這種窒息的感覺讓劉嘯臉色蒼白地有些嚇人。

壯漢把劉嘯從地上撈起來，劉嘯這才感覺到心臟又「砰砰砰」地重新開始了跳動。劉嘯張開嘴喘了口氣，這才恢復過來，此時那股撞擊產生的鑽心疼痛才跳了出來，劉嘯不由地哼了一聲。

「劉先生，我勸你還是配合一點！」金絲眼鏡冷冷盯了劉嘯一眼，轉身朝門口走去，「從現在開始，不許給他吃飯，水也不能喝！」

說完，金絲眼鏡就消失在了門外。

那壯漢手一鬆，劉嘯就倒在椅子上，嘶嘶地抽著涼氣，壯漢關上門，又坐在那裏，也不搭理劉嘯。

此時方國坤正在和錢萬能正坐在酒店裏等著消息。

「這可怎麼辦呢！」錢萬能急得直搓手，「都十幾個小時過去了，我自己的情報網也是一絲線索都沒有，到現在都還沒清楚對方是什麼人，這夥人到底把劉嘯弄到哪裡去了呢！」

「肯定還在封明！」方國坤非常肯定，「事發之後，封明立刻封鎖了所有出城道路，那些人和劉嘯肯定都還在封明，他們出不去的！」

方國坤倒還挺鎮定的！

他剛說完，手機就響了起來，他拿起來沒說話，就聽那邊說了好長一會兒時間，掛掉電話，方國坤就站了起來，「我得去一趟市府！」

「怎麼了？是不是有消息了？」錢萬能問著。

「總部傳來一些資料，已經摸清楚張小花看見的那個劫匪的資料了，我現在去把資料移交給封明市，讓他們在全市搜索此人的行蹤！」

「那我也跟你去吧！」錢萬能也坐不住，跟在方國坤後面就出了酒店。

鄭市長昨晚熬了一晚上夜，今天剛好還有幾個會議，此時也是忙得雙眼通紅，開完會，他就回到辦公室，準備給汪局長打個電話，看看劉嘯的事有沒有什麼進展。

一進去，就看見裏面坐了兩個人，市長有些納悶，這秘書幹什麼去了，怎麼隨便就把人放進了自己的辦公室呢。正準備回頭喊秘書時，方國坤就站了起來：「鄭市長你好，這是我的介紹信！」

方國坤打開公事包，把一張帶有大紅章子的文件給市長亮了一下。

鄭市長接過來一看，「你是……」

方國坤又從口袋裏掏出一個證件，把皮子一亮，隨即收了起來，「我來找市長，是有一些關於劉嘯綁架案的資料要移交給你們！」

「哦，快請坐！」市長趕緊示意方國坤坐下。

鄭市長坐下，才看見錢萬能，「這位先生有點眼熟，也是……」他看著方國坤。

「我是劉嘯的朋友！」錢萬能簡單地說。

鄭市長拍著腦袋，「我想起來了，在高新開發區奠基儀式，還有昨天星空寺的正名佛會上，我見過你！」

錢萬能哪有工夫和他扯這個，「咱們還是趕緊聽方先生把得到的線索說一下吧！」

方國坤走到市長的辦公桌上，挑了一台紅色的電話，然後撥了一個號碼，不一會兒，傳真機就開始轉動，跑出兩頁文件，上面寫著「絕密」兩個大字。方國坤拿起文件，交到鄭市長手裏。

「綁架劉嘯的人，就是這個人，叫吳飛虎，是個職業殺手。這是這個人的資料以及和本案有關的線索，我希望市長立刻下令，全力搜查這個人的蹤跡，但千萬不要聲張，只要弄清楚這個人的落腳範圍，就可以找到劉嘯。」

「好好好，太好了！」鄭市長總算是露出一絲笑容，「你們的這個線索太關鍵了，我現在就安排！」

市長走到辦公桌前，撥了號碼，「汪局長嗎？你馬上到我這裏來一趟，有一些關於劉嘯綁架案的線索，很重要！」

掛了電話，鄭市長又坐回到方國坤旁邊，「方同志，你分析這起案子到底是個什麼性質的案子？」

「報復，尋仇，或者還有其他的目的，這都說不準！」方國坤皺著眉，「不過，對外只能說是普通的勒索綁架案！」

「這個我知道！」鄭市長點頭應著，又把那些資料看了一遍，吳飛虎的資料很詳細，但是關於雇傭吳飛虎的那個組織的資料卻很簡單，甚至連那個組織的名字叫什麼，都沒交代清楚。

鄭市長皺了皺眉，「看來這個案子還很複雜啊！」

「其實看似複雜，也不太複雜！」方國坤頓了頓，「只要我們各司其職，要想找到那些劫匪並不難！」

「那就全靠方同志全盤統籌了，只要對破案有利，你儘管吩咐，我們封明會全力以赴！」鄭市長表了態。

「我只能在案子的方向上給你們多提供點線索，但具體的破案還得靠封明市這些警務人員的力量！」方國坤客氣地說。

正說著，公安局的汪局長敲門走了進來，看見屋裏這麼多人，一時有些意外，道：「市長，那……」

「這是上面派來協助我們破案的方同志！」鄭市長趕忙做了介紹。

汪局點了點頭，便道：「我剛剛接到消息，綁架劉嘯的那輛車找到了！」

「在哪兒？」錢萬能急急問道。

「是在城西的封江裏發現的，現在車已經被打撈上來了，車身完好無損，裏面沒有任何人或屍體，現在證據科的人正對車上所有證物進行分析！」汪局長面色沉重地說，這個消息不是什麼好消息。

錢萬能一聽，心就懸了起來，「這人不會有事吧！」

「你放心，這就說明人沒事，否則肯定就在車上發現劉嘯了！」方國坤拍了拍錢萬能的肩膀。

「汪局長，這是上面傳來的資料！」鄭市長起身把資料遞到了汪局手裏，「劫持劉嘯的人，叫做吳飛虎，你馬上派人私下查訪，看看這個人最近幾天都在什麼地方出現過，幹過什麼，注意不要聲張！」

「是，我這就去安排！」汪局長應了下來，「市長你還有什麼吩咐嗎？」

鄭市長把視線移到了方國坤那裏。

方國坤站了起來，「沒了，如果再有什麼新的線索，我們會第一時間通知你們。」

出了市府，錢萬能拉住方國坤，「這就完了？那要是找不到那個人呢？」

「除了封明市，我們的人也已經開始行動了！」方國坤咬了咬牙，沉眉道：「不管他們事先準備得多麼精細，也會留下尾巴的，我們一定能找到他們，救出劉嘯。」

「唉……」錢萬能嘆了口氣，「幸好我隨時都帶著保鏢，等劉嘯回來，我一定要勸勸他，雇幾個保鏢！」說到這裏，錢萬能突然不說了，這劉嘯能不能回來還難說呢，自己早該勸他的。

「對了，錢先生！」方國坤看著錢萬能，「你和ＯＴＥ的人熟嗎？」

「有交往！」錢萬能回說：「今天他們還打電話向我問起劉嘯的事，看有什麼要幫忙的！」

「他們願意幫忙就好！」方國坤點了點頭，「回頭你知會他們一聲，我想這次很可能要麻煩他們了！」

「ＯＴＥ？」錢萬能想不明白和ＯＴＥ有什麼關係，不過還是點頭，「好，我一會兒就聯繫他們，讓他們提前做好準備！」

「那就麻煩你了！」方國坤嘆了口氣，「我們回去吧！」

劉嘯先是覺得餓，後來餓過頭，又是覺得渴，實在難受，他就硬逼著自己睡了過去，打算和大狗熊一樣來個「冬眠」。

迷迷糊糊之中，劉嘯就感覺有人在推自己，睜開眼睛，發現那個金絲眼鏡不知道什麼時候已經站到了自己跟前。

「劉先生，你休息也休息好了，該幹活了吧！」金絲眼鏡抬起胳膊上的那塊大金表一瞄，「現在是凌晨三點半，正是夜深熟睡的時候，我好像聽說你們這些網路高手都喜歡把攻擊的時間選在這個時間。」

劉嘯搓了搓發麻的臉，稍微提了提精神，道：「我不是說了嘛，我是不會把我的手法暴露在你們眼前的，除非你們不讓ＤＴＫ的人在旁邊監視我！」

「不讓人看著，我怎麼知道你會不會伺機搞鬼啊！」金絲眼鏡陰笑說，「現在誰不知道劉先生是個出了名的策略高手，有多少人被你玩得想死死不了，想活又活不痛快，我沒有他們那麼傻，你必須在我們的監控下把那個程式送進供電網路，這由不得你討價還價。」

「那我可以選擇不做！」劉嘯往椅子上一靠，準備又要睡覺去了，「想必你也知道，我的倔脾氣也是同樣出了名的，在這點上，我絕不會妥協！」

「我勸劉先生還是不要這麼固執，最好乖乖跟我們合作！」金絲眼鏡點也不著急，站在劉嘯的對面，輕轉著手指上的戒指，「為了達到目標，我們可是不計手段的，劉先生在意的恐怕不止是一個軟盟吧？」

「這是什麼意思？」劉嘯瞪著對方。

「我們可以把劉先生請來，同樣可以把劉先生周圍的人請來，我想你總有幾個在意的人吧，比如你的父母，你的女朋友，你的好朋友。」金絲眼鏡壞笑著說，「我聽說你女朋友就是本市赫赫有名的張氏集團的千金？」

「無恥！」劉嘯霍地站了起來，「整掉ＤＴＫ的是我劉嘯，破壞你們計畫也是我劉嘯，冤有頭，債有主，有本事你就衝著我來，拿別人威脅我，也算是你的本事？」

「我說過了，我們會不擇手段的，我們只看結果！」金絲眼鏡冷笑說，「你放心，目前我們還不會為難任何人，甚至我們還和張氏集團有幾個項目正在合作，只要你肯配合的話，一切都會安然無恙。否則，我想用不了一個星期，張氏企業破產的消息就會登上報紙的頭條，那時候，就算我們不為難他們，你的女朋友也得和他老爹去流浪街頭，我想劉先生也不願意看到這個結果吧！」

「靠！」劉嘯恨恨地啐了一口，這傢伙已經不能用無恥兩字來形容了，竟然在綁架自己之前，還給張氏下了套，就是為了防範自己不肯合作。

「你好好想想吧！」金絲眼鏡又看了看表，「我給你十分鐘時間考慮，我相信劉先生是個重情重義的人，你會做出一個明智的選擇！」

金絲眼鏡一副穩操勝券的樣子，找了把椅子，就坐在劉嘯跟前，等著劉嘯的答覆。

「還考慮個屁啊！」劉嘯一腳踹飛椅子，「算你狠，老子這次栽在了你手裏！」

「這就對了嘛！」金絲眼鏡笑吟吟地站了起來，朝門口壯漢一使眼色，「去叫ＤＴＫ的人進來，然後通知所有人就位，劉先生要出手了！」

壯漢出去不一會兒又折返回來，後面還跟著DTK的人，懷裏抱著之前的那台筆電，他把電腦打開，接好線路，就站在一旁。

「劉先生，請吧！」金絲眼鏡朝電腦一伸手，然後也站在了一旁。他雖然對網路攻擊不是很內行，但也對於這次的攻擊非常感興趣，他請了許多專家都沒辦到的事，他倒想看看劉嘯是怎麼辦到的。

劉嘯從地上把椅子拽起來，重新坐到電腦前，胡亂敲了幾下鍵盤，發洩了一下不滿，然後坐在那裏動也不動，就那麼看著螢幕，也不知道他在想什麼？

「劉先生，快動手吧！」金絲眼鏡站得腿都麻了，劉嘯卻一點動靜都沒有。

「別說話！」劉嘯側頭瞪了金絲眼鏡一眼，「你以為這是去菜市場買菜啊，哪有那麼容易，我不得想一想啊！」

金絲眼鏡吃了個癟，但也不好發火，只得悶悶地又站了一會兒，然後開始滿屋子踱著步，活動活動那發麻的腿部肌肉。

又過了大概半個多小時，劉嘯終於開始動作了。就見他打開一個網頁，開始申請電子信箱，用戶名也是隨便鍵入的，一點規則都沒有。

劉嘯在這台電腦上所有和網路有關的操作，其實都是虛擬的，但電腦會記錄下他的每一個操作，然後交給外面的專家審核，確認無誤後，再由外面的專家代為操作，最後再把操作的結果送回到劉嘯的電腦上顯示出來，這就是一個虛擬的網路操作環境。

過了半分鐘，顯示電子信箱已經申請成功，劉嘯登陸到信箱，開始撰寫郵件，郵件內容是空的，只有一個標題，是幾個字母，劉嘯隨即點了「發送郵件」。幾個專家傻眼，這到底算不算通風報信？

他們不知道目標信箱的持有者是誰，但這個字母又似乎沒有什麼含義，到底放不放行，他們立時難住了，只得到裏面向金絲眼鏡通報情況。

「那個目標信箱是我自己用來保存自有工具的一個信箱，郵件的標題是個工具的代碼簡稱，目標信箱收到這個代碼，自然就會把我的工具發過來。我總不能空手去攻擊吧，或者你打算讓我再現寫一個攻擊程式？」劉嘯反問，隨即又道：「你們要是不放心，完全可以找你們的總部，或者不相關的人來代發這個郵件，我說的是不是真的，不就一清二楚了嗎？」

金絲眼鏡一點頭，對那專家道：「通知我們的人，讓他們代發這封郵件，記住！這裏的地址絕對不能暴露。」

專家應了，隨即轉身出門，大概過了七八分鐘後，那專家又進來，道：「確實是收到了目標信箱一個工具，根據時間判斷，應該是自動發送，人工作業不可能那麼快，發過來的那個工具，專家已經做過測試，沒有問題。」

「那就趕緊傳過來吧！」劉嘯皺著眉，「再這麼耽擱下去，天都要亮了！」

金絲眼鏡點點頭，「沒問題就繼續，你們給我睜大眼睛，一個細節都不能放過！」

不到半分鐘，劉嘯收到了那個工具，隨即運行，工具的介面非常簡單，上面是一個消息回傳顯示框，下面是一個輸入框。

劉嘯在下面鍵入了供電網路中的一個伺服器IP位址，然後按了確定。過了好半天，上面的消息顯示框才顯示出結果來，估計是那邊的專家又給延遲了幾十秒，那伺服器正常，一個「YES」標識此伺服器存在工具要攻擊的漏洞。

劉嘯又在下面的輸入框開始輸入，和剛才不一樣，這回是一大堆代碼。旁邊DTK的高手有些傻眼，他看這些代碼又像是溢出代碼，又像是攻擊代碼，他不知道劉嘯利用的是什麼漏洞，所以不敢確認這些代碼是做什麼用的；又覺得很沒面子，畢竟自己平時也狂得很，自認為是絕頂高手，現在居然連這堆代碼是做什麼用的也不曉得，真是丟人。

「沒問題吧？」劉嘯回頭看著那個ＤＴＫ的高手，「沒問題我可就發送了！」

ＤＴＫ的高手凝眉看了半天，道：「沒問題，發吧！」他不好意思說自己看不懂這堆代碼的作用，但他敢肯定，這堆代碼是不可能搞鬼的，所以就放行了。

劉嘯「啪」一下敲了發送鍵，一會兒之後，又回傳了一大堆消息，但那個大大的「ＹＥＳ」表示代碼執行成功。

劉嘯隨即又開始鍵入代碼，凡輸入一段，就問ＤＴＫ的人有沒有問題，沒有問題就發送出去，如此一共輸入了七八回。

「成了！」劉嘯拍了一下桌子，看著電腦，他的工具此時顯示對方的伺服器已經連結成功，隨後工具的資訊框完全清空，劉嘯再鍵入代碼的時候，就可以看到對方伺服器上的資料了。

劉嘯隨即鍵入代碼，把之前設計好的那個程式往對方伺服器上複製，這次ＤＴＫ高手臉上露出了笑容，媽的，這回總算是完全看懂了。

劉嘯覺察到他的動作，回頭鄙夷地掃視了他一眼。

看程式複製完成，劉嘯鍵入代碼，運行了程式，隨後切斷連結，關掉了自己的工具，劉嘯伸了個懶腰，道：「程式已經送進去了，現在就等對方重新安裝那套專屬協議了！」

金絲眼鏡露出難得的笑容，道：「很好，很好，劉先生果然是高手，這麼快就搞定了自己的策略級產品！」金絲眼鏡豎起大拇指。

劉嘯知道他是在故意笑話自己，隨即冷哼一聲，「我餓了，總不能讓我當個餓死鬼吧！」

「劉先生說的是什麼話！」金絲眼鏡笑說，「我們就算是會卸磨殺驢，也不會這麼快的！」隨後他向壯漢一擺頭，壯漢便出去了，大概是給劉嘯找飯去了。

「那我就不打擾劉先生了！」

劉嘯失蹤已經進入了第二天，這件事引起的關注更多，跑來封明參與追蹤報導的媒體越來越多，一些國外的媒體也都參與了進來，這在ＩＴ安全界，同樣是一件大事，其影響不亞於比爾・蓋茨被人綁架。

這讓封明市府承受了極大的壓力，看來如果不把劉嘯完整無缺地找回來，封明就真的栽了，就算劉嘯少了一根毫毛，封明市恐怕都得有一大批人迫於壓力要引咎辭職了。

方國坤和錢萬能喝完早茶，待在酒店的大廳裏等消息。

不一會兒，就看張春生匆匆忙忙從樓下下來，對兩人點了個頭，然後快速出了酒店。

方國坤皺了皺眉，「錢先生，你有沒有發現張春生剛才的神色有點不正常啊！」

錢萬能朝張春生的背影看了看，隨即搖頭，「我看很正常啊，現在劉嘯一點消息都沒有，張小花又是那個樣子，滴水不進的，我看張春生這是愁的，一點也不奇怪！」

方國坤「哦」了一聲，道：「可能是我多慮了！」

又過了十來分鐘，只見熊老闆也從樓上下來了，看見兩人就道：「錢先生，早！」隨後又道：「您有沒有看見張總？」

錢萬能指了指門外，「出去了，十分鐘前吧！」

熊老闆聽了，皺眉道：「那二位繼續坐，我去看看！」

「熊先生等等！」方國坤問，「是不是出什麼事了？我看張總剛才臉色不太好啊！」

「怎麼說呢！」熊老闆咂著嘴，「這真是屋漏偏逢連夜雨，張氏之前和幾個公司簽了建築協議，本來今天是雙方商量好的賬目結算日期，可那幾個公司突然反悔，不肯把錢匯過來！」

「為什麼啊？」方國坤追問道，「建築品質出問題了嗎？」

熊老闆搖頭，「張氏向來注重工程品質，品質是絕對不會出問題的！這些企業有的說是自身資金困難，難以周轉，有的則是說封明治安環境太差，他們需要考慮之後，才決定是否把這邊的項目繼續下去。」

熊老闆嘆著氣，道：「不過依我看，這都是藉口，之前我看過這些公司的資產證明，正常結算絕對沒有問題。老張這回算是栽了，這幾個公司建的都是超高層大樓，規模非常大，老張當初為了攬下這些工程，就答應先期的資金由張氏墊付，如果這幾個企業集體反悔的話，那張氏就危險了。」

「不會吧！」方國坤驚訝地說。

「怎麼不會！」熊老闆搖頭嘆氣，「張氏這次在封明鋪的攤子太大了，全市三成以上的建築工程，張氏都直接或間接地有參與，有不少項目都是採用這種先行墊付，結算之後再補虧空的方式進行。老張為了抓住這次高新經濟區開發的好機會，把整個張氏都抵押給銀行，貸了不少的錢，而且還在很多供料商那裏賒了賬，加起來，這可是天文數字，任何一塊出問題，都能要了他的命！」

「原來是這麼回事！」方國坤微微頷首，「怪不得我覺得他臉色不好！」

「先不說了，我要趕過去看看！」熊老闆匆匆走出兩步，又回頭道：「劉嘯的事，就麻煩你二位多費心，有什麼消息，就通知我！」

「行，你去吧！」方國坤看熊老闆走了，就往沙發上一坐，開始撥電話，「小吳嗎？你幫我查一件事，今天有幾個企業突然反悔，有幾筆和張氏的款子不結了，你去查一下，看這幾個企業是什麼來頭，是不是一起的？對，查到之後立刻告訴我！」

錢萬能詫異地看著方國坤，「你懷疑這些企業是合夥起來整張氏的？」

「只是懷疑！」方國坤說，「沒辦法，職業習慣！現在劉嘯被綁，這個敏感時機，任何事情我都得查清楚，任何線索都可能會幫我們找到劉嘯！」

「對！是有可能！」錢萬能點頭，隨即也掏出了電話，「還是我來查吧，在企業界，我的情報可比你要快多了。」

說著，錢萬能在電話裏把剛才方國坤說的話也說了一遍，讓他的手下查去了。

過了半個多小時，熊老闆回來了，一臉鐵青。

「怎麼樣了？」方國坤急問，「張總呢？」

「去市府了！」熊老闆坐在兩人旁邊，嘆了口氣，說：「那幾個企業看來是鐵了心要毀約，現在有幾個工程已經停工，老張跑去市裏想辦法去了，看能不能再貸點款，先把供料商的錢給結了，明天是他和那些供料商約好的結算日。老張這人厚道，還從未拖欠過別人的錢呢！」

「你們不是合夥嗎？」方國坤看著熊老闆，「辰瀚也拿不出這筆錢？」

熊老闆無奈地搖搖頭，「我的情況並不比老張好多少，也是攤子鋪太大，貸了一屁股債，前段時間我也有幾個客戶毀約，不肯結賬，最後還是向軟盟借錢，才把窟窿補上。現在也只有軟盟手裏的流動資金比較多，可劉嘯這一被綁，軟盟的財務主管又沒有那麼大的權力敢動用。」

方國坤點了點頭，這事他也知道，他之所以會懷疑那些企業是聯合起來整張氏，就是因為之前曾有企業給熊老闆下套，目的就是逼熊老闆把手裏的軟盟股權轉讓出去，好在軟盟當時拿到了斯捷科的錢，才幫熊老闆挺了過去，把戲演了下去。

熊老板正嘆著氣，酒店又走進一個人，一身警服，英姿颯爽地來到方國坤跟前，「啪」一個敬禮，「方頭！」

方國坤也還了一個禮，「你是封明網監大隊的劉晨吧？」

「是！」劉晨點頭，「有一個情況，我要跟你反映一下，請你做出個判斷！」

「那邊說！」方國坤往旁邊走了十幾米遠，避開所有人，道：「說吧！」

「早上接到供電局的求助，說他們有一台伺服器的系統檔損壞，但奇怪的是，重新安裝好系統之後，這台伺服器的策略級防護牆一直提示有秘密檔企圖發送到外部網路，他們的專家無法找到秘密檔所在，我們網監派出的專家也查遍了整台伺服器，都沒有找到後門程式所在！」劉晨低聲說道。

「你說是供電局的網路？」方國坤眉頭一揚，問道。

「是！」劉晨肯定地答道。

方國坤立刻快步走到錢萬能跟前，「錢先生，你馬上聯繫OTE，讓他們派出最好的專家，一刻鐘之後在供電局門口會合！」方國坤又轉身對劉晨說，「你馬上帶我過去！」

「是不是劉嘯有消息了？」錢萬能的第一反應就是這個。

「要等OTE的專家到了之後才能知道！」方國坤顧不上給他解釋，跟在劉晨後面就出了酒店。

「那我馬上就聯繫！」錢萬能很激動，趕緊掏出手機給OTE撥電話。

「劉先生！」金絲眼鏡一臉陰沉地站在劉嘯對面，「現在已經過去將近十個小時了，為什麼你的程式還沒有把協議包發送過來？」

「這事能那麼著急嗎？」劉嘯一臉無辜的樣子，「程式是你們的人監督著我一句一句寫出來的，你們的人還做了詳細的測試，那程式的功能你們應該最清楚才對啊！至於為什麼它還沒有把協議包發送過來，那很有可能是供電局的效率太低，萬一人家到現在都還沒發現自己的電腦無法正常運轉呢？」

「不可能！」金絲眼鏡瞪著劉嘯吼道，他現在十分著急，每拖一分鐘，自己的危險就會加大一分，「選出來的伺服器，都是供電網路中不可或缺的節點，只要稍微出點故障，供電局的人就會發現！」

「你朝我吼有什麼用！」劉嘯瞥了金絲眼鏡一眼，「伺服器又不是我選出來的，你要問，就去問問你的那些手下，要是他們沒把工作做到實處呢？」

金絲眼鏡差點讓劉嘯的話給呼嚨了，他急匆匆朝門口走了兩步，然後才覺得不對，掉轉身子又來到劉嘯跟前，使勁一拍桌子，「劉先生，你少轉移視線，問題只能出在你的程式上！我告訴你，不要挑戰我的忍耐極限！」

劉嘯也站起來拍著桌子，「如果你非要說是我的程式出了問題，那就請你指出問題出在哪裡？事前的所有測試都是你們的專家做的，我連參與的權利都沒有，具體是什麼情況，也只有你們自己最清楚。事前說行的是你們，事後說不行的也是你們。靠，你們是拿我耍著玩呢！告訴你，老子現在也鬱悶著呢，到現在為止，還沒人敢說老子的程式出過問題！」

金絲眼鏡本想給劉嘯施加一點壓力的，結果倒讓劉嘯在氣勢上給他壓了過去。金絲眼鏡捏著下巴踱了兩圈，心裏有些拿不準了，難道真是測試的環節出了問題，或者是挑中的這個伺服器是個可有可無的環節？不然不至於這樣啊，按照事前的推算，協議包應該在天亮之後就會被送回來的。

「我會弄清楚這件事的！」金絲眼鏡看著劉嘯，「要是讓我知道是你搞的鬼，可別怪我心狠手辣！」

劉嘯鄙視地嗤了口氣，「那還站在這裏幹什麼，快點去查啊！」

金絲眼鏡一轉身走了出去，他得安排專家重新對劉嘯弄的那個程式做個測試，確認問題到底是出在哪個環節上，以至於現在遲遲收不到協議包！

此時供電局的網路機房內，OTE的文清在一台電腦上敲擊了幾下，然後直起身來，「好了，追蹤系統已經安裝好了，如果對方下次再來，就會馬上鎖定他的真實位置！」

「多謝你了，文先生！」方國坤朝文清伸出手。

文清搖了搖頭，「太客氣了，劉嘯是我的朋友，現在他失蹤了，我也很著急，我也希望能早點把他營救出來，你能夠給我這個機會，應該是我感謝你才對！」

方國坤笑笑說，「大家一起努力，爭取早點把綁走劉嘯的這幫人揪出來！」

「那個隱藏的程式，我們也找到了，根據我們的分析，這個程式很有可能是劉嘯寫的。」文清想了想，又把自己的這個分析確認了一下。

「沒錯，應該就是劉嘯寫的！能夠輕易穿透策略級防火牆把這個程式放進來的，我想除了他，不會再有別人了，但最奇怪的是，既然他能夠從外面穿透防火牆，怎麼又會讓竊取到的檔無法發送出去呢？這很不正常，就算軟盟的策略級防火牆再厲害，說到底那也是防火牆，是防火牆就無法擺脫『防外重於防內』的這個毛病，怎麼可能會進來出不去呢?!」

文清沉眉思索著，「這就說明，程式的設計者是故意讓防火牆限制了被竊檔案的外流，他不想讓被竊的檔案到達指定目標，這個世界上最熟悉這套防火牆內行和外行區別的，就是劉嘯，除了他，沒人能做到這點！」

「是啊，你分析得很有道理！」方國坤點頭，「這也是我之所以請你們過來的原因！」

文清微微頷首，「這是一個非常精巧的機關程式，一般的高手根本寫不出來。機關程式總共有三個機關消息判斷，第一次，它會在宿主電腦進行正常操作時產生正常的操作失誤，導致宿主電腦無法正常運行；第二次，它會將自己隱藏在記憶體之中，等待宿主電腦重新安裝作業系統後，伺機竊取重要文件；第三次，它成功竊取之後，便會把竊取到的檔案發送到指定目標，如果竊取不到的話，又返回到第一個機關消息判斷！」

「奇怪！」方國坤有點納悶，「為什麼非要在重新安裝作業系統之後才實施竊取呢？」

文清搖搖頭，「這個得問供電局的人了，那個程式把竊取到的檔案加了密，我們一時半會兒也無法復原。再說，能復原你們也不會讓我們復原的，竊取的必然是機密，怎麼會讓我們知道。」

方國坤一招手，喚過一名供電局的工程師，「電腦出現故障，重新安裝完作業系統後，還需要安裝什麼東西？」

「供電網路自有的通訊軟體以及專屬通訊協議！」那名工程師回答。

方國坤一聽明白了過來，「原來目標是這個，我知道這是誰做的了！」說著，他匆匆朝門口走去，一邊掏出手機和總部聯繫。

錢萬能正在外面等著，看見方國坤，忙道：「那幾個企業我已經查清楚了，果然是一夥的，他們是……」

方國坤抬手示意錢萬能不要說出來，然後在錢萬能的手上劃了幾個字，「你要說的是這個吧？」

錢萬能連連點頭，「就是他們！」

「我已經猜到了，我現在就安排我們的人去清查他們！對了，麻煩你替我送送ＯＴＥ的專家！」方國坤說完，就匆匆離去，趕著去佈署了。

第八章　計上眉梢

金絲眼鏡在屋子裏來回踱了兩圈，實在是想不透，突然看到電視上的一則報導，隨即計上眉梢，一招手，叫人把電視搬進了劉嘯的房間。劉嘯也挺納悶，難道這傢伙想讓自己長住啊，怎麼把電視也搬進來了。

金絲眼鏡此時正納悶著，專家把程式重新做了一番檢測，沒有任何的問題，負責收集供電網路服務器的人也再次證實了一遍，那台伺服器絕對沒有問題，還是一台挺關鍵的伺服器。金絲眼鏡這就捉摸不透了，所有的環節都沒有問題，為什麼程式就無法把協議包發回來呢。

金絲眼鏡在屋子裏來回踱了兩圈，實在是想不透，突然看到電視上的一則報導，隨即計上眉梢，一招手，叫人把電視搬進了劉嘯的房間。

劉嘯也挺納悶，難道這傢伙想讓自己長住啊，怎麼把電視也搬進來了。

「劉先生，我已經讓人重新檢查過了，程式沒有問題，那台伺服器也沒有問題！」金絲眼鏡看著劉嘯。

「那就奇怪了！」劉嘯靠在椅子上，沒有什麼表情，「難道是對方沒有安裝協議包嗎？」

「我想劉先生一定知道是什麼原因！」金絲眼鏡盯著劉嘯，想從劉嘯的眼睛裏找到點破綻。

可惜的是，劉嘯只是搖了搖頭，「很遺憾，我也不知道原因！」

「好，就算你不知道吧！」金絲眼鏡收回目光，掏出一根菸點燃了，「但我想劉先生一定會幫我弄清楚原因的！」

「我無能為力！」劉嘯聳了聳肩，「再說，沒有這個必要，我只管幫你們把程式送進去。」

「等劉先生看完電視，我相信你會改變主意的！」金絲眼鏡一使眼色，那壯漢便過去把電視打開。

「現在播報一條新聞，本市最大的企業張氏集團，由於多個客戶今日未能及時結算賬務，目前陷入巨大財務危機之中，估計要度過此次危機，至少需要募集三億以上的流動資金，而且很可能會在本市留下數個爛尾工程。外界猜測發生這種狀況的原因有二，一是張氏缺少風險意識，盲目投建；二是張氏企業財務體制落後。張氏企業是我市的龍頭企業，對於我市的建築業有著舉足輕重的作用，一旦張氏出現財務周轉不靈的局面，勢必會對我市以及周邊地區的建築業產生非常大的影響和衝擊。張氏集團總裁張春生未對此事發表看法，只表示張氏一定會將供料商的錢如數結算。本台將繼續關注此事！並為您做後續報導。」

金絲眼鏡再一示意，壯漢就把電視關掉了。

「怎麼樣？」金絲眼鏡笑呵呵地看著劉嘯，「劉先生是否想起了點什麼？」

「我不明白你的意思！」劉嘯心裏雖然很震驚，但還是裝作沒有反應。

「大家都是聰明人，我知道劉先生一定明白我的意思！」金絲眼鏡彈彈煙灰，「只要你動一動，就能挽救張氏集團以及整個封明建築業的危機，你考慮一下吧！」

「我不得不說，你很卑鄙！」劉嘯這句話幾乎是一句一字從牙縫裏蹦出來的。

「對付劉先生這種聰明人，我不得不多做幾套準備！」金絲眼鏡嘿嘿笑著，吐了個菸圈，「我看劉先生就不必遲疑了，趕緊動手吧，不然張氏就真的麻煩了，我們的手段可不僅僅只有這個！」

「媽的！」劉嘯跟上次一樣，又把椅子踢飛了，「你最好不要讓我從這裏出去，否則我會讓你後半輩子只做一件事，那就是懺悔！」

「呵呵，我倒是很想知道懺悔是什麼滋味，就怕劉先生沒有這個機會！」金絲眼鏡掐滅了菸，「你是個聰明人，廢話我就不多說了，趕緊給個方案吧，最好是馬上就把那個協議包拿過來！」

「哪有那麼容易，問題出在哪裡都沒有搞清楚呢！」劉嘯在牆上搥了一拳，然後在屋子裏踱著步，「把你們的檢測項目給我列個單子，說清楚檢測的項目，把檢測的環境也弄清楚，我要看看問題到底出在哪裡？」

金絲眼鏡回頭對著ＤＴＫ的專家道：「馬上去辦，快！」

幾分鐘之後，ＤＴＫ的專家進來，手裏拿著厚厚一疊列印出來的檔案，遞到了劉嘯手裏。

劉嘯拉過椅子坐下，挨個分析著，檢測項目非常齊全，包括軟體的每個方面，看到最後的檢測環境，劉嘯就皺了皺眉，「不對！」

「怎麼不對！」金絲眼鏡快步上前，「你是不是發現什麼了？」

「你們測試的環境，採用的是我們軟盟的企業級產品！」劉嘯看著金絲眼鏡。

「是！」金絲眼鏡點頭，「怎麼了？」

「那你為什麼不買我們的硬體防護牆？」劉嘯問道。

金絲眼鏡語瘧，這他倒是沒有想到，主要是覺得都把劉嘯弄來了，弄個軟體策略級環境就可以，沒必要搞來那套硬體產品，再說了，軟盟那產品也不單賣，自己搞不來啊！

「失誤失誤！」劉嘯拍著腦門站了起來，「原來問題真的出在我的程式上！」

金絲眼鏡錯愕，「怎麼回事？」

「我寫程式的時候，竟然沒有考慮到這點！」劉嘯繼續拍著腦門，「我把硬體和軟體都考慮到了，卻忘了我們的策略級產品有個組合效果，如果同時安裝了硬體和軟體的產品，安全性能會提高一倍，一定是截獲到的協議包被防護牆給攔截了，無法傳送出來！」

金絲眼鏡「啪」一下桌子，他就知道是劉嘯在跟自己搞鬼，他是在跟自己拖延時間！他就是把親娘忘了，也不可能把自己產品的這個最重要的特點給忘掉。

金絲眼鏡這次發了狠，一把揪住劉嘯的衣領，「我告訴你，姓劉的，我沒工夫，也沒時間跟你玩這套了，我給你半個小時的時間，如果你不能把那套協議包給我弄回來，我就叫你去死，再讓張氏跟你一塊陪葬！」

劉嘯掙開那傢伙的手，氣定神閒地撣了撣衣領，「你不用拿死威脅我，我不吃這套！要不是你對張氏下了套，老子根本鳥都不鳥你！」

那壯漢此時又走到了劉嘯身後，準備對劉嘯下手。

金絲眼鏡強忍住自己的怒氣，朝壯漢揮了揮手，斥退了他，然後看著劉嘯，「既然你能明白這點，那就好！你現在馬上想辦法給我拿到那套協議，否責明天你再看新聞，就會看到張氏破產倒閉的消息！」

「沒有別的辦法！」劉嘯看著金絲眼鏡，「只有再進那伺服器一趟，直接把截獲到的協議包取出來！」

「就算我傻到會相信你的話，但那幫供電局的網路專家不全都是傻子，你截獲的協議包此時都被防火牆發現了，他們能夠沒反應嗎？」金絲眼鏡盯著劉嘯，「你不要跟我耍心眼！」

「是！我是在跟你耍心眼！」劉嘯同樣盯著金絲眼鏡，「但不是現在，我早在截獲到的協議包上做了手腳，別說他們不可能找到協議包藏在那裏，就算找到，他們也不知道那是個什麼東西，我對它加了密，除了我，沒人能解開！」

「算你狠！」金絲眼鏡一拳砸在桌子上，這幫ＤＴＫ的專家是吃屎的嗎，人家就在他眼皮子底下搞了鬼，他們居然都沒發現。自己要一個加密過的協議包有個屁用，拿回去復原嗎？要是萬一復原不了，或者復原之後根本就不是自己所要的東西怎麼辦？

這個劉嘯太聰明了，他是想拿這個繼續要脅自己，好讓那些警察有足夠的時間來營救他。

「那你想怎麼辦？」金絲眼鏡瞪了一眼ＤＴＫ的專家，然後看著劉嘯。

「我會幫你們拿到那套協議，但我必須看到張氏企業平安無事之後，才會將那套協議還原！」劉嘯盯著金絲眼鏡，「這是我的底限，沒有商量的餘地！要麼你們現在就對我動手，要麼就照我說的做！」

金絲眼鏡在屋子裏踱了幾圈，他得分析劉嘯這話裏的真假成分，這傢伙太聰明，一幫專家都看不住他一個，自己得小心行事才好。

踱了幾圈，金絲眼鏡便有了主意，他決定先答應劉嘯，只要他能把那套協議弄到手，自己就有辦法讓他乖乖把它還原，如果協議拿不到手，一切都是白搭。

「好！」金絲眼鏡回頭看著劉嘯，「我答應你！動手吧，我只給你半個小時的時間，如果半個小時內你搞不定，你永遠不會有第二次機會了！」

劉嘯鄙夷地看了金絲眼鏡一眼，「去拿電腦進來吧！」

「看好他！」金絲眼鏡戳著ＤＴＫ專家的腦袋，「如果這次再讓他做了手腳，老子就擰掉你的腦袋！」

ＤＴＫ的專家連連點頭，腦門上都開始出汗了。

金絲眼鏡走出屋子，吩咐讓人把電腦又送了進去，然後招手喚過一個人來，低聲道：「馬上去安排，等姓劉的一把貨弄到手，我們立刻搬家，這裏不能再多待了！」

「是！」那人毫無感情地應了一聲，轉身出去安排去了。

「媽的！」金絲眼鏡把拳頭捏得嘎吱吱響，「姓劉的，老子遲早叫你求生不能，求死不得！」

方國坤很快得到了總部的消息，雖然還沒找到綁架劉嘯那夥人在封明的準確位置，但他們的一些同黨以及設在國內其他城市的辦事點，已經基本摸清楚了。

「頭，我們要不要動手？」小吳電話裏問道，「只要抓到他們的這些同黨，肯定能知道劉嘯的下落。」

「現在還不能動手！」方國坤沉思著，「一旦消息走漏，劉嘯就危險了，現在只要把那些人都嚴密監控起來就行了！等有了劉嘯的下落，再把他們一網打盡！」

「我是怕遲則生變！」小吳也有自己的看法，「這麼耗下去，恐怕對於營救劉嘯更為不利！」

「再等等！」方國坤打斷了小吳的話，「要沉得住氣！」

「是！」小吳不得不執行方國坤的命令，只是他不知道方國坤到底在等什麼，已經等了兩天兩夜了，再等下去，劉嘯恐怕就真的凶多吉少了。

方國坤掛掉電話之後，來回踱了兩圈，舒緩著自己的情緒，他必須讓自己保持冷靜，才能做出最恰當的抉擇，否則一個失誤，就可能讓整個行動失敗，特別是知道了劉嘯也在刻意留下線索進行自我營救，方國坤就更不能大意了，他知道劉嘯這麼做，是把所有的希望都押到自己身上。

「方先生！」

方國坤回頭去看，發現是ＯＴＥ的文清，於是收回思緒，道：「這麼晚了，文先生怎麼還過來？」

「我來看看！」文清朝機房的電腦掃了一眼，發現電腦前已經有人在值守了，便有些放心，道：「那個被截獲的檔案已經超過十二個小時沒有被發送出去，我想綁架劉嘯的那夥人也肯定著急了，他們今天晚上很有可能會採取下一步的行動。雖然說我們的追蹤軟體能夠自動追蹤，但我還是有點不放心，今天晚上這伺服器就由我來看守吧，萬一有什麼突發情況也好處理！」

「那就太感謝你了！」方國坤朝文清伸出手，「謝謝你！」

「不客氣！」文清搖了搖頭，「我只是在做我該做的事！」

方國坤的手機此時響了起來，是鄭市長打來的。

「市長，有什麼新情況嗎？」

「汪局長剛才派人來通知，說發現了那個吳飛虎的一點線索！」鄭市長說得很急，「有個雜貨店的老闆反映，曾在三天前看見一個非常酷似吳飛虎的人，在他的店裏買過一包菸！」

「這個雜貨店在什麼位置？」方國坤急忙問道。

「名仕花園附近！」鄭市長說完問道，「方同志，你看我們要不要加派人手，到這個區域內繼續追查，把這個線索做實？」

「好！」方國坤點頭，「你們一邊派人繼續盤查，另外，再調集一些警力，特別是特警隊，讓他們在這個雜貨店方圓五百米的範圍內機動待命！一定要注意，不能張揚，要做到非常隱蔽，一切就和平常一樣！」

「好好好，我明白！」鄭市長連連應著，「那我這就安排去！」

「是不是有線索了？」文清看方國坤的臉上有一絲神采，便問道。

「只是發現了一個劫匪的蹤跡，但還不能完全確定！」方國坤點了點頭，「現在正在核實！」

「有線索就是好事！」文清舒了一口氣，這好像是劉嘯被綁之後唯一一個實際點的線索了，其餘的都是推斷而已，包括這個自己要守一晚上的伺服器。

「我先進去到伺服器上看看！」文清說完，逕自走進了機房。

「停！」ＤＴＫ的人喊住了劉嘯，趴在電腦上仔細把劉嘯鍵入的代碼看了一遍，搖了搖頭，「不對不對，這和你上次輸入的代碼不一樣！」

「那你來！」劉嘯讓出電腦前的位置，「你就按著我上次的代碼重新輸一遍，你要是能攻進去，我給你叫爹！來啊！」劉嘯拽著那ＤＴＫ的人。

ＤＴＫ的人傻了，沒敢動手，低聲道：「我只是說你這次的攻擊代碼和上次不一樣，我沒說我……」

「怎麼回事？」金絲眼鏡分開兩人，「劉先生，你不會又是要搞什麼鬼吧！」

「那你們自己來！」劉嘯還是這句話，「反正工具還是那工具，我上次的攻擊代碼你們也都記住了，你們來好了！」

金絲眼鏡當然不會被劉嘯唬住，朝ＤＴＫ的人一使眼色，那ＤＴＫ的專家便走到電腦前，把劉嘯剛才鍵入的代碼清空，然後按照劉嘯上次的代碼一字不差輸入，然後「啪」一下敲了發送鍵。

十幾秒後，上面的顯示框顯示出結果，DTK的高手就看見最後面那個大大的「NO」，竟然執行失敗了！

金絲眼鏡也納悶了，怎麼回事？一樣的工具，一樣的代碼，怎麼換了個人就沒效果了呢，他回頭看著劉嘯，「劉先生，這是怎麼回事！」

「這就是沒人能攻破策略級防火牆的秘密！」劉嘯得意又鄙夷地看著金絲眼鏡，「策略級的防守策略每時每刻都在變化，這麼說吧，你們現在面對的這個防火牆，已經和昨天的那個防火牆完全不一樣了，之前的代碼自然也就失去了作用！」

這下，金絲眼鏡，特別是那個DTK的專家，全都傻了，如果真是這樣的話，那豈不是除了策略規則的設計者外，根本就沒人能突破這個防火牆了嗎，時刻變化規則的防火牆，這怎麼可能實現呢，兩人狐疑地看著劉嘯。

別人不著急，劉嘯就更不著急了，拉過椅子坐到一旁，面無表情地看著那兩人。

「咳咳！」金絲眼鏡清了清嗓子，皮笑肉不笑地道：「原來是這麼回事啊，怪不得，怪不得，那就請劉先生繼續吧！」

劉嘯捏了捏手指，磨磨蹭蹭滑到電腦前，把剛才的代碼又敲了一遍，然後看著那ＤＴＫ的人，「看看吧！」

「沒問題，沒問題！」ＤＴＫ的人急忙擺手，他可不敢再說有問題了，看來只能和上次一樣，只要確認他不搞鬼就行。

劉嘯和上次一樣，來來回回輸入了好幾次代碼，最後一次敲完代碼，工具的顯示幕自動清空，然後提示已經攻入了目標伺服器。

「成了！」劉嘯敲了一下鍵盤，金絲眼鏡立刻就湊到電腦前。

「來了！」文清聽到電腦報警聲，快步走到跟前，啪啪一敲鍵盤，自動追蹤系統隨即啟動，開始了追蹤分析。

「怎麼樣？」方國坤急急走到文清背後，眼睛盯著電腦螢幕。

「對方已經進入到這台電腦中，目前正在複製檔案，好在我們已經提前對傳輸速度做了限制，這給我們追蹤對方的位置提供了足夠的時間！」

文清上午就懷疑是劉嘯故意留下那檔案，所以早就建議方國坤採取了一些措施，現在果然用上了。

「我已經啟動了雙向分析追蹤，在追蹤對方的位置的同時，軟體還會進行資料核實，確保一步到位追蹤到對方的真實位置！」

方國坤沒說話，緊張地看著電腦上那個追蹤軟體的進度條在一點一點往前進行，與此同時，顯示對方複製檔案的進度條也在不斷往前走動，雙方的進度似乎差不多，這讓方國坤不由地捏了一把，饒是他已經百煉成鋼，此時也是把心懸到了嗓子眼。

OTE追蹤軟體的進度條時快時慢，走到一半的時候，突然卡住了幾秒，一下落在了複製進度的後面，文清也開始不斷地跺腳，嘴裏低聲喃喃道：「快點！快點！」

就在複製進度快完成之前，OTE的追蹤進度突然一個大跳，「噹」一聲彈出提示框，「追蹤完成！成功追蹤到對方的位置！」

「耶！」文清使勁捏拳一甩，長出一口氣，好在沒讓自己失望！他剛想查看追蹤結果，螢幕上再次彈出一個提示框，「檔案複製完成！」

「好險好險！」方國坤也是鬆了口氣，急急催道：「快，看看追蹤結果！」

文清啪啪兩下敲擊，軟體立刻顯示出幾大頁的追蹤記錄，文清哪裡顧得上看具體的過程，直接一下拉到了最後末尾，然後道：「名仕花園廿三號！就是這裏！」

方國坤馬上掏出手機，「鄭市長，馬上採取行動，名仕花園廿三號，劉嘯很可能就在這裏！」

市長大喜，「是，我們馬上行動！」

「要注意，劫匪都是身經百戰的特種兵，而且很有可能攜帶武器，現場必須要有統一的指揮，實在不行，就先對這裏進行包圍，困住他們，然後等待救援！」方國坤說得很急，「要快，晚一秒鐘都會讓他們逃脫！」

市長一聽，也來不及跟方國坤客氣，二話不說就掛了電話，然後拿起桌上另外一部電話，「名仕花園廿三號，立刻採取行動，一定要確保劉嘯的人身安全，由特警大隊長全權負責現場指揮！」

那邊的方國坤也開始撥著另外一個號碼，「名仕花園廿三號，十分鐘內到達現場，到達後全面接手現場指揮！」

說完，他匆匆往機房外小跑，「文先生，這裏就交給你了，我得去現場負責指揮！」

文清有些反應不及，其實剛才前後這幾通電話，還不到一分鐘的時間，等他回過神來，方國坤已經走得沒影了。

「我也去看看！」文清扔下電腦就往門外跑去，他也想親眼看著劉嘯被安全無恙地解救出來！

此時金絲眼鏡已經走到了別墅外面，鑽進一輛早已準備好的車裏，他手裏攥著的，就是劉嘯取回來的那個加了密的協議包，「我先走，你們收拾好一切之後，就迅速撤離，車子和證件我都已經給你們準備好了，兩個小時後，我們在五十八號聯絡點匯合！」

「是！」壯漢幫金絲眼鏡關上車門。

車窗搖下，金絲眼鏡又露出頭來，他有些不放心，又叮囑道：「那個姓劉的一定要給我看好！」

「你放心！他絕對跑不了！」壯漢往後退了一步，就看著車子迅速離去，鑽進無邊的黑幕。

壯漢回到屋內，對所有人道：「馬上清除電腦上所有的東西，擦除屋內留下的所有痕跡，準備撤離！」

屋內的人立刻開始行動，電腦專家忙著收拾電腦，那些和壯漢一樣服裝的人，則在仔細檢查屋裏的每個細微之處，將擺設復原，並且擦拭和清理所有留下的指印、腳印、菸頭以及每一個屑紙片。劉嘯則站在小屋的門口，百無聊賴地看著這些人忙活。

壯漢站在那裏，掏出一根菸，放在手指上磕了磕，然後點燃，猛吸了一口。

壯漢眼光游離之際，突然發現窗戶上似乎有個影子劃過。幾乎是不加思考，壯漢立即扔了菸頭，拔出槍就往門後隱蔽處一靠，大喊：「有人！」

話音剛落，屋內突然一黑，也不知道是外面的人掐掉了電源，還是壯漢的同夥關的燈。

與此同時，就聽「啪」一聲脆響，壯漢扔在地上的菸頭被擊飛了，真是精妙絕倫的槍法，可惜的是，那壯漢實在是反應太快，這槍並沒有擊中他的人。

屋內頓時大亂，那些電腦專家可不比這些雇傭兵，一個個四處找著躲藏的位置，到處亂鑽，就聽劈哩啪啦一陣響，不知道撞倒了多少桌子椅子。

好在屋內這麼一黑，外面的人看不到屋裏的情形，也不敢貿然出擊，畢竟劉嘯也在屋子裏，別到時候劉嘯沒死在劫匪手裏，反過頭來吃了自己人的子彈，那可就是大笑話了。

外面嗤嘩嘩一陣響，隨即恢復了安靜。

「媽的，被包圍了！」屋內響起壯漢的聲音，「二號，沒死的話過去看看，把姓劉的看好！」

「太黑，看不見！」這個聲音在劉嘯剛在站著的位置響起，很顯然，這個二號早在壯漢發話之前就已經就定位了，「老子已經夠迅速了，還撲了個空，沒摸到姓劉的！」

「靠！」壯漢啐了一口，「他就在屋子裏，你趁著黑四處摸摸，這回能不能活著出去，全落在姓劉的身上了！」

「三號，四號，堵住小門和窗戶！」二號喊了一句。

「明白！」

跟剛才一樣，聲音是從小門和窗戶那裏傳來的，這幫雇傭兵久經生死，雖然事發突然，竟然也是極度默契，一下就抓到了重點，那就是不能讓劉嘯跑掉，這幾乎成了他們的本能。

可令他們沒想到的是，劉嘯竟比兔子還快，反應一點也不比自己這些受過專業訓練的人差。

外面的人沒有把燈點亮，否則自己也會成為別人的靶子，只是圍而不攻。

方國坤到達現場時，整個名仕花園都被包圍了，已經拉上警戒線，外面是亂做一團，裏面卻是一點聲音也沒有！

汪局長和鄭市長剛好和方國坤同時到達現場，幾個人便湊在了一塊，問著門口負責警戒的員警，「裏面情況怎麼樣？」

「特警隊已經進去了！就響了一槍，目前情況不明！」員警朝市長和汪局長敬禮。

「那我們進去吧！」方國坤直接跨過警戒線，率先朝裏面走去。

市長和汪局長一看，也沒辦法，只得硬著頭皮跟了進去，裏面黑燈瞎火的，再吃個槍子就麻煩了。

第九章　火線救援

眾人待在遠處，就聽見「啪啪」幾聲槍響，隨後安靜了十來秒，接著又是幾聲槍響，然後就徹底安靜了下去。不到一會兒的工夫，兵頭扛著個人跑了過來，把人往地上一扔，「報告，目標人物已經安全救出！」

進去沒幾步，就碰見了特警隊佈置在周邊的人，特警隊的隊長也在周邊負責全盤指揮，看見市長和局長，就靠了過來，將幾人都拉到了隱蔽的地方。

「裏面怎麼個情況？」市長問道。

「我們看到了劉嘯！」特警隊長首先報告了這個消息，「但我們靠近的時候，被對方發現了，對方切斷了屋內的電源，現在弄不清楚裏面的情況。初步判斷，裏面應該有十五人左右，其中有五個應該就是資料上提到的雇傭兵，他們很專業！」

方國坤看了看時間，「很好，只要劉嘯在裏面就行！再兩分鐘，我們的人就到了，你們特警隊的任務，就是在這兩分鐘之內維持目前狀況不變，等我們的人接手後，你們負責周邊，不能讓任何一個嫌犯跑掉！」

「呃……」特警隊長看著方國坤，這人是誰啊，市長和局長還沒說話呢，他倒主持起大局來了，還說讓特警隊負責周邊就可以了，簡直是欺人太甚，老子的特警隊什麼時候給人打過下手了?!

「好，就聽方同志的安排！」市長開了口，「去執行吧！」

「市長，這……」特警隊長還想反駁幾句。

「快去執行！」市長再次發話，「你要是放走一個人，我拿你是問！」

「是！」特警隊長極不情願地敬禮，轉身打開無線電對講機，「各小組注意，原地待命，沒有命令不許行動！」

方國坤掏出手機，撥了號碼，「劉嘯的行蹤已在掌握中，讓我們的人立刻行動，一個都不能放過！」

「是！」電話裏的小吳興奮地喊道，他早就在等這個命令了。

不到兩分鐘，兩輛步兵裝甲車關了燈，轟隆隆地開了進來，行駛到特警隊設的待命區時停了下來，車上迅速跳下十來個人，快速分散。

特警隊長簡直看傻眼了，這幫人太專業了，竟然落地就知道自己的目標在哪裡，最羨慕的是人家的裝備，輕巧的防彈背心、多功能夜視頭盔，手裏的傢伙，威力也比特警隊的高了好幾個檔次。

一個兵迅速跑過來，向方國坤一敬禮，「特別小組前來報到，請指示！」

「迅速摸清情況，然後開展救援行動！」方國坤還了一個禮。

「是！」那兵一立正，隨即在通話頻道下達指令：「各小組迅速佔領預定位置，彙報情況！」說完，又看了看特警隊隊長，「讓你的人往後撤，以免等會兒行動展開後有所誤傷！」

特警隊長很鬱悶，打開自己的對講機，「各小組向後撤，負責周邊掩護，沒有命令不許開槍，再重申一遍，沒有命令不許開槍！」

兵頭快速下達了命令！「一組到達預定位置！」「二組到達預定位置！」「三組到達預定位置，準備完畢！」

兵頭看了看方國坤，等著方國坤的命令。就見方國坤一點頭，兵頭就喊道：「行動！」，然後快速朝廿三號別墅衝了過去。

眾人待在遠處，就聽見「啪啪」幾聲槍響，隨後安靜了十來秒，接著又是幾聲槍響，然後就徹底安靜了下去。

不到一會兒的工夫，兵頭扛著個人跑了過來，把人往地上一扔，「報告，目標人物已經安全救出！」

劉嘯被那兵頭的肩膀頂得難受，又被這麼一扔，疼得直呲牙咧嘴，但看見方國坤，他就笑了，然後說了三個字，「ＤＴＫ！」

方國坤一抬手，道：

「人回來就好，什麼都不要說了，我已經全都知道了，我現在安排人送你回去，好好休息！」

「坐我的車吧！」鄭市長終於完全放下心來，也就沒有剛來時那麼緊張了，「走走走，我送你回去！」說著，把劉嘯從地上扶了起來。

可能是胳膊有點傷到，這一拽，劉嘯又是呲牙咧嘴。

「沒事吧？」鄭市長看到，皺了下眉，「我看還是先送你去醫院吧！」

「沒事！」劉嘯擺擺手，此時才騰出空來，對那些警察和兵頭一鞠躬，「多謝你們了！」又對方國坤道：「那我就先回去了，有什麼事你可以隨時來問我！」

「好，趕緊回去吧！」方國坤一擺手，示意劉嘯可以走了。

汪局長跟在市長身後，「市長，你看這事一會兒怎麼向外宣布，劉先生是不是還要到警局做個筆錄？」

「方同志不是都說了嘛，人回來就好！」鄭市長瞪了一眼汪局長，「一會兒媒體問起，就說是普通的綁架勒索，至於破案的具體細節，你就隨便應付一下好了。要注意，不要提到方同志他們！」

「是，我知道怎麼辦了！」汪局長點了點頭，和市長、劉嘯一起向外走去。

走到名仕花園門口，警戒線外早已是水泄不通，周圍的市民都被槍聲攪了起來，再加上有裝甲車開進去，大家都跑來看熱鬧，想弄個究竟，守候在封明的媒體也得到了風聲，架好了長槍短炮，佔據著門口的有利地形。

三人一走到門口，現場頓時混亂不堪，所有記者都往前湧，拍照的拍照，提問的提問，把三人圍在了中間，現場負責警戒的員警全被擠亂了，半天插不進來。

「感謝大家對於此事的關心，劉先生現在需要到醫院做個全面的檢查，還不方便發表看法，案情的具體細節，稍後我市會召開新聞發佈會，到時候會給所有人一個交代！」

鄭市長臨時充當了劉嘯的「經紀人」，把記者們都擋在了外邊，「請大家配合一下，讓劉嘯先生先去醫院！」

媒體們還是不放鬆，非要劉嘯說一句話。

「感謝大家對我的關心，感謝封明市府為營救我做出的一切！謝謝！」

劉嘯這句話讓鄭市長很滿意。

員警此時終於擠了進來，迅速為三人打開一個通道，使勁頂住還不斷往前湧的記者們，這才護著三人順利到了車子跟前。

「快走，快走！」市長催促著劉嘯，他還從來沒見過記者對自己這麼上心，這陣勢還真有點嚇人啊。

劉嘯也有點著急，彎下身正準備往車裏鑽時，耳邊突然聽到了很熟悉的聲音。這聲音太熟悉，即便是周圍已經亂做一團，劉嘯還是聽到了。

他回過頭，在人群裏快速地掃了一眼，就看見了張小花。

她哪裡是那些記者的對手，已經被擠到了很邊緣的地方，她使勁往前擠著，不是被警察攔住了，就是幾下又被記者們給擠開了，急得在那裏扯著嗓子喊劉嘯的名字。

劉嘯趕緊過去，伸出手把張小花從人群裏拉了出來，警察們等張小花一脫身，就重新頂住記者們。

張小花一頭紮在劉嘯胸前，然後就是拼命大哭，一句話也說不出來。

「好了好了！」劉嘯摸摸她的頭，湊到她耳邊道：「我這不是沒事了嘛，好了，不要哭了，我們回去吧！」

鄭市長拍拍兩人，「走吧走吧，有什麼話回去再說嘛，這裏這麼亂！」

劉嘯點了點頭，摟住張小花的肩，扶著她鑽進了車裏。

「開車！」市長一上車，馬上就命令開車。

車子走出一截，市長又回頭看了看後面那些緊追不捨的記者們，搖了搖頭，道：「這些記者太厲害了，那麼多警察都攔不住！」

劉嘯不斷地在張小花的肩頭輕拍著，哄著她：「好了，好了，不要再哭了，你看我又沒事，你哭什麼哭。乖，聽話，省著點眼淚，等以後我真出了事你再哭！你看看，都浪費了呢！」

劉嘯笑了起來，擦著張小花的眼淚。

他這個玩笑非但沒把人逗笑，張小花反而越哭越凶了，把劉嘯胸前的衣服都哭濕了一大片。

劉嘯無奈，只得轉移張小花的注意力，「先別哭，我問你正事，張氏是不是被人下了套，現在正陷入危機？」

張小花「嘎」一下停止了哭泣，通紅的眼睛看著劉嘯，肩頭仍一聳一聳抽泣著。

劉嘯一看她這表情就知道，這丫頭大概光顧著擔心自己了，竟然連這麼大的事都不知道。

劉嘯便把視線移到市長身上，「鄭市長，是不是有這麼回事？」

鄭市長點了點頭，「是有這麼回事！由於幾個企業未能及時結算張氏的賬款，導致張氏不能付清那些供料商的錢，這些供料商很有可能因此停止繼續給張氏供料。這樣的話，後果將非常嚴重，本市至少有三分之一的建物會陷入停滯之中。現在市裏也正在想辦法解決這個事情，希望至少能保證這些項目繼續進行下去。」

「這幫雜碎！」劉嘯恨恨地捏了捏拳頭。

市長皺了皺眉，不知道劉嘯在罵誰，道：「之前張氏從銀行已經是超額貸款了，還是市府給做的擔保，現在銀行比較謹慎，但還是答應再貸給張氏一億的資金。」

「謝謝鄭市長和封明市府對張氏的信任和幫助，這份情義，我劉嘯會記住的！」劉嘯看著市長，「市長你放心，張氏不會出任何問題，絕對能如期結算那些材料商的錢，也會保證所有在建項目按時完工！」

「怎麼辦啊！」張小花推了推劉嘯，「你快想想辦法啊！」

「你現在不哭了？」劉嘯笑看著張小花。

張小花使勁一掐劉嘯，「你又沒出事，我為什麼要哭！」說完看劉嘯還在笑，便捏起了拳頭，「不許笑話我！」

「好好好，不笑不笑！」劉嘯摟住張小花的肩，「你放心吧，我一會兒就聯繫軟盟的財務長，讓他們明天一早就把錢匯過來。張氏絕對不會有事。

你回去就聯繫張叔，讓他告訴所有材料商，款項按期結算，絕不拖欠一秒鐘！」

張小花往劉嘯懷裏使勁一鑽，「你不怪我嗎？那天要不是我嚷著口渴，你也不會出事！」

「你傻瓜呀ㄚ頭！」劉嘯敲了張小花一個爆栗，「那些人盯我很久了，就算不去給你買水，他們也照樣會對我下手。不過，我倒是得感謝他們，至少他們沒對你下手，只要你沒事，我就是再被他們關兩天也沒事！」

「你才是傻子！」張小花剜了劉嘯一眼，然後抱住劉嘯的腰，趴在劉嘯懷裏不說話了。

鄭市長看這一對小情侶不鬧了，才笑道：「你這次可是真是把我嚇壞了，全國的人都在盯著呢，好在你終於平安歸來，人沒事，我這才算是鬆了口氣啊，對你、對封明和全國的老百姓，我總算是有了交代！」

「這事不會就這麼結束的！」劉嘯捏了捏拳頭，「我遲早叫他們連本帶利還給我！一定！」

金絲眼鏡的車子駛出名仕花園後，就感覺到有一點不對勁，外面的氣氛非常詭異，平常晚上的時候，路邊是不會停這麼多車的，他讓司機把車速放慢，想仔細觀察一下。

誰知他的車速一慢，路邊突然有幾輛車車門大開，跳下來許多荷槍實彈的員警，快速包圍了名仕花園。

金絲眼鏡就知道出事了，急忙命令司機加速離開，直到車子駛去好遠，他才想起要給壯漢他們報個信，可再打電話過去，那邊的電話已經不通了，估計是線被掐斷了。

「媽的！」金絲眼鏡使勁一捶，怎麼會這樣呢，事情做得這麼隱蔽，那些警察是怎麼摸上門來的？看他們的舉動，似乎早已經在名仕花園外面很久了，他們到底是從哪裡嗅到了蛛絲馬跡呢。

金絲眼鏡讓車子又駛回到名仕花園附近，就看見很多群眾從名仕花園散了出來，他下車隨便找了一個人，問道：「大哥，剛才那邊出什麼事了嗎？怎麼這麼熱鬧！」

「你不是住附近的人吧？」那路人打量著金絲眼鏡。

「我是路過的！」金絲眼鏡說。

「那你可錯過好戲了！」路人惋惜地搖頭，「太精彩了！為了營救那個叫劉嘯的，市裏連坦克都出動了，好傢伙，往那一擺，劫匪直接就嚇得投降了！」

旁邊的一幫人笑說，「你小子別喝了酒就亂說，看清楚，那是裝甲車，不是坦克，不知道別瞎說！」

「那劉嘯呢？」金絲眼鏡最關心這個，「被救出來沒有？」

「廢話！」先前那人受了擠兌，就有些不高興，「擺這麼大陣勢救一個人，那還不是導彈打蚊子，手到擒來！」

金絲眼鏡一聽，心裏又是一涼，把壯漢他們幾個咒了無數遍，狗屁的雇傭兵，一幫封明的警察就把他們全搞定了。

金絲眼鏡往兜裏摸了摸，逼劉嘯拿到的協議包倒是還在，可惜這幫廢材沒把劉嘯弄死，劉嘯一回去，自己手裏的這東西就成廢品了，很快供電網路就會更換新的備用通訊協議。

「媽的，又白忙活一場！」金絲眼鏡恨恨地看了一眼名仕花園，鑽進車子，朝五十八號聯絡站奔去。

五十八號聯絡站也在封明，位於封明城西的一家酒吧裏，金絲眼鏡趕到那裏時，卻發現酒吧門口圍了很多人，就覺得有些不妙，他把車停在遠處，快步走到人群後面，找了個人問道：「裏面出什麼事了嗎？」

「有人舉報這酒吧搞色情服務，所以警察過來臨檢！」那人頭也沒回地說。

過不到幾分鐘的時間，警察從酒吧裏出來了，金絲眼鏡一看，差點沒昏倒，回過神來，趕緊把頭一低。這人肯定不是警察，說是檢查色情服務，可帶出來的人，全是自己組織的人，一個都沒跑掉，讓人家給一鍋端了！

金絲眼鏡眼睜睜地看著自己的人一個個被押到警車上，心裏真是涼到了極點，自己剛剛弄丟了劉嘯，又損失了幾名雇來的高手，這個聯絡點又被人端了，這到底是怎麼回事啊，難道是有什麼別的組織介入？不然怎麼連這個聯絡點都能摸到?!

這太可怕了，看來封明也不能待了，自己得趕緊出去躲一躲了。

金絲眼鏡等警車一走，就快速鑽進自己的車裏，「走，連夜出城！」金絲眼鏡腦門上全是汗，真是萬幸，就差幾分鐘，自己兩次都得以脫身，可辛苦經營多年的情報網算是全部沒了，他很頭疼，不知道該怎麼對上面交代這事。

第二天上午，封明市府舉行了盛大的新聞發佈會，報告劉嘯綁架案的始末細節，並為破案過程中有功的警務人員以及提供有力線索的市民進行現場表揚，由市長和劉嘯親自頒獎。

劉嘯依然是發佈會上的熱門焦點，頒獎結束，是記者提問時間，所有的媒體都把麥克風堆在了劉嘯跟前。

還沒等記者們提問，劉嘯先站了起來。

「首先，我感謝在座所有媒體對我的關心，也感謝所有關心和為了營救我付出努力的人，謝謝你們！」

劉嘯對所有人來了一個深深的鞠躬，然後直起身來道：

「我知道大家要問什麼，但我要說的是，這件事還嚇不住我，今後，封明不但我會來，而且還會常來，在封明的高新區，馬上會有一座屬於軟盟科技的研究中心就要破土動工，我要在封明建立一座全世界最先進的網路安全研究中心。我們還準備和封明大學合作，搞幾個固定的項目，進行完整的安全人才培養體系。」

這件事後，劉嘯像是突然想明白了很多事，還沒等到別人來問自己，他就把所有的事都決定了下來。

「還有一句話，想借諸位媒體，講給那些綁架我的人聽，如果你們當中有人僥倖逃脫了，我想告訴你們，我是不會放過你的，所有的人都不會放過你們，你們逃得再遠，也會受到懲罰！再次謝謝大家的關心！」

劉嘯又是一鞠躬，然後和市長打了個招呼，離開了發佈會現場。

別說是媒體，就是市長本人，也沒能反應過來，劉嘯前面說的話，市長很高興，那是為封明消除負面影響，而軟盟願意到封明投資，更是市長期盼已久的事，只是後半句市長沒弄明白，不知道劉嘯說那些話是什麼意思。

臺上的記者有很多是持續跟蹤報導過很多次軟盟新聞的，劉嘯每次在新聞發佈會都會留下這麼一個驚人之語，這幾乎成了慣例，所以他們也不算是意外，只是很納悶，難道綁架劉嘯的劫匪還有人被逃脫了，警方沒有一網打盡？

等反應過來，所有媒體又都集中火力朝向公安局長，「是不是還有嫌犯逃脫？」

汪局長一個措手不及，好在反應快，「我想劉先生的意思並不是說有嫌犯逃脫了，他是說，如果有人逃脫，就算逃得再遠，最終也肯定會被抓捕歸案，天網恢恢，疏而不漏嘛！」

劉嘯匆匆離開發佈會現場，然後直奔機場，他得趕回軟盟，公司那邊肯定也是要見了自己的人才能安心。張小花不放心，說什麼也要跟劉嘯去海城，而且早早已經等在了機場。

到達海城後，劉嘯準備先搭車去軟盟，可是等車子走了一截，劉嘯想起一件事，便向司機吩咐道：「先不去軟盟，麻煩你順道先載我去一趟銀行！」

還是那個111#保險櫃，劉嘯從口袋裏摸出鑰匙，打開後，裏面放著一張紙。

「什麼啊？」張小花問著，伸手把那張紙拿了出來，一看之下，不禁驚呆，紙上清楚寫著：「有人盯住你了，和上次DTK的事有關，他們準備對你下手了，近期千萬小心！」

而紙上的落款日期，已經是在十天前了。

劉嘯從張小花吃驚的表情上已經知道了答案，雖說他早料到會有這個可能，可是當親眼看見時，他還是非常震驚，這踏雪無痕到底是一個什麼樣的存在呢？這個世界在他眼裏沒有任何的秘密可言，就連綁架自己這麼機密的事，踏雪無痕也能提前知道，劉嘯甚至懷疑踏雪無痕到底是不是人，他是神話裏的千里眼順風耳呢，還是萬能的先知？

「走吧！」劉嘯「啪」一聲鎖上保險櫃，把張小花手裏的那張紙拿過來塞進兜裏，然後拉著張小花就朝外面走去。

「這是怎麼回事啊？」張小花看著劉嘯，「那紙條是什麼人留下的，他怎麼會知道你有危險？」

「先回去，有機會我再解釋給你聽！」劉嘯鎖著眉，他實在是很費解，為什麼踏雪無痕總能提前知曉一切呢，這到底是怎麼回事呢？

劉嘯任何時候出現在公司都很正常，可此時出現卻顯得有些突然，最先看見他的就是大樓的保全，保全激動地跑過來，「啪」一個敬禮，「劉……劉總，太好了，你可算是平安歸來了！」

兩人剛往前走了兩步，軟盟的人已經得到消息，下來好多人來接劉嘯。第一批下來的，就是公司的幾位主管，還有佔據了有利地形的前臺接待美眉。

「劉總！」業務主管過來一把抱住劉嘯，「我就知道你肯定會沒事的，回來就好，回來就好！」

剩下幾人也想抱一下劉嘯，無奈業務主管抱住了就不鬆手，幾人只得在一旁說著祝福和安慰的話。

商越也很激動，看到劉嘯的那一剎，眼淚就迸出來了，站在一邊抹著眼淚。

「好了好了，我這不是沒事嘛！」劉嘯很不習慣被一個男人抱這麼久，忙笑呵呵地推開業務主管，對眾人道：「行了，有話回公司再慢慢說！」

「劉總！」接待美眉瞟著劉嘯身邊的張小花，她對張小花還有印象，道：「這是你女朋友吧！」

「是！」劉嘯把張小花推到自己前面，「我給大家介紹一下，這是我女朋友，張小花！」

眾人紛紛上來打招呼，只有商越沒動。

之後眾人簇擁著兩人上樓，進了軟盟，然後又是一陣歡呼，軟盟的員工紛紛放下手上的工作過來看劉嘯，以及傳說中劉嘯的女朋友。

劉嘯好不容易把眾人都穩住了，帶著張小花進了自己辦公室，剛坐定，接待美眉又敲門走了進來，「劉總，市長來了！」

劉嘯只得趕緊迎了出去，市長此時已經走到了劉嘯的辦公室門口，看見劉嘯，就笑呵呵伸出手，「你可算是平安歸來了，這幾天，我們整個海城市府都為你提著心呢！回來就好，回來就好！」

「謝謝市長的關心！」劉嘯趕緊說道：「來，辦公室裏坐！」

市長進來後，看見了張小花，先是皺眉，然後又換上笑臉，「呵呵，張小姐也在啊，你好你好，歡迎你到我們海城來！」

「馮市長好！」張小花簡單地打了個招呼，就站到一旁。她和馮市長一樣，互相都對對方沒什麼好感，馮市長是擔心張小花把軟盟弄到封明去，而張小花則是嫉恨馮市長不讓軟盟到封明來。

馮市長往沙發上一坐，「你能平安回來，我就放了心！你不知道啊，這幾天咱們市公安局長好幾次到我這裏來請願，說要帶最精銳的警員到封明去營救你，咱們市裏對你這事非常重視！」

「謝謝市裏對我的關心！」劉嘯給市長倒了杯水，「為我這點事，鬧得咱們海城上下不安，我心裏還真是過意不去！」

「這話就不對了！」馮市長一擺手，「你是咱們海城市最優秀的企業家，是咱海城的好市民，我們這些人民的公僕，就是要為所有海城人民的生命財產安全保駕護航嘛。這也是我們的工作疏忽，沒有保護好你的安全，幸負了海城人民對我們的厚望。」

「馮市長言重了！」劉嘯看著市長，「現在我已經回來了，這事就不要再提了！」

「好好好，不提就不提！」馮市長呵呵笑著，拿起杯子喝了口水，看看張小花，又道：「軟盟到封明投資的事情已經定了嗎？」

「定了！我準備在封明搞一個網路安全研究中心，建一個這方面的實驗室！」劉嘯回說。

馮市長當即皺眉，他最不願看到的就是這個事情，這麼大一棵搖錢樹，在海城長大了，憑什麼要移栽到封明去。

「不過，軟盟的總部依舊設在海城！」劉嘯趕緊解釋，「我們準備在海城建一座屬於自己的辦公大廈。」

「哦？」馮市長不由又喜上眉梢，「說說看，看看有什麼需要市裏支援的嗎？」

「其實這個想法我早就在公司裏提過了，建一座屬於軟盟的辦公大廈，不光是為了改善軟盟員工的辦公環境，也有很多其他方面的考慮。第一就是安全，軟盟賣的是技術核心，這個核心就是我們的命根子，必須要保護好，現在和別的企業一起擠在這個租來的辦公大樓裏，安全上實在是無法保障；第二，我們想憑藉著一流的硬體環境來吸引更多的人才加入軟盟，人才是公司發展的根本，市長，你也看到了我們公司的現狀，除了幾個主管有辦公室外，其他員工都擠在一個大辦公區辦公，這很不符合我們這種企業員工工作的環境需求。」

劉嘯頓了一頓，「就拿我來說，我在思考或者寫一個東西的時候，非常怕別人來打擾，而且我習慣在一個燈光較暗的環境裏工作，這會讓我的精力時刻保持充沛，也比較有靈感。做技術的人，大多都是這樣，他們都需要一個適合自己的工作環境，在新建的大廈裏，我會為每個技術人員配有一間獨立的辦公室！」

「好好好，想法很好嘛！」馮市長一聽劉嘯這麼說就放了心，他並不需要知道劉嘯具體要怎麼做，他只要確認劉嘯準備把軟盟紮根在海城就可以了。

「還是我上次承諾的，只要軟盟能留在海城，市裏會在儘量靠近市中心的地方，為你們規劃出一塊地皮來！」

「感謝市府對於軟盟的支持，其實不一定非要在市中心，隨便哪裡都可以！」劉嘯連連致謝。

「就這麼定了！」馮市長擺了擺手，他得把軟盟放在離自己眼皮子近的地方才能放心，「回頭我就讓市裏規劃局和城建局的同志看看哪裡合適，你們呢，也趕緊拿出個建築方案來，這樣市裏也好做個周全的安排！」

「是，這事我們抓緊辦！」劉嘯說完，又道：「馮市長，上次在海城說的事，不知道市裏有沒有結果出來？」

「那件事啊！」馮市長露出了一絲遲疑之色，「市裏還在討論，因為事關重大，需要多方面的商議，所以還沒有結果！」

「這樣啊！」劉嘯皺了皺眉，然後看著市長，「馮市長知不知道這次綁架我的人是誰？」

劉嘯這麼一問，不光是市長，就連一旁不耐煩的張小花也豎起了耳朵，她也問過劉嘯，可劉嘯卻沒說。

「是誰？」馮市長問道。這種事他倒是不願意摻和的，但劉嘯問起了，怎麼也得有個表示。

「市長還記得幾個月前，海城的重大交通事故吧？」劉嘯提示著道：「全市多個交通路口紅綠燈失控，導致多起交通事故發生，傷了很多人，然後全城大堵車！」

「當然記得！」市長咳了咳，顯然是不願意談這個話題。

「當時網監配合市裏，抓了一批人！」劉嘯說，「當時向網監提供線索的人，就是我，後來資訊產業部網路安全局還特別給軟盟頒發了一塊牌匾。可能市長事後也知道了那些人製造交通事故的目的是什麼吧！」

市長驚異地看著劉嘯，原來舉報線索的是劉嘯，難怪他能知道這麼多事。

「是有這麼回事！」

「當時抓到的那些人，是屬於一個叫做ＤＴＫ的網路間諜機構，他們受人雇傭，前來測算海城在應對網路襲擊時的反應能力和應對措施，其實他們還有一項更為重要的任務，因為我的舉報，這些人被一網打盡，那個任務就算是失敗了！」劉嘯看著市長，「這次綁架我的人，就是在幕後雇傭ＤＴＫ的人，他們想要我幫他們繼續ＤＴＫ那次沒有完成的任務！」

「啊?!」市長一下站了起來，這太出乎他的意料了，他一直以為這只是普通的勒索綁架，至於那個ＤＴＫ當時未能完成的任務，市長更是十分清楚，所以他才會如此驚訝，因為他知道後果會多麼嚴重。

「這件事本來是不能對外公佈的，我今天之所以要告訴市長，就是想讓您能夠明白，別人對我們的企圖，絕不會因為損失了幾個人便就此放棄，海城也不會因為抓到了幾個破壞分子便能獲得永久的太平。」劉嘯語重心長地說，「凡事預則立，不預則廢，海城的網路安全不能靠抓幾個駭客來保障，而是應該切切實實做好基本功！」

市長鎖眉踱了幾步，海城的網路安全確實讓他很惱火，不搞還好，一搞就出了好幾個大亂子，上次聽了劉嘯的話，他也覺得和軟盟合作絕對是件大好事，可細細一想，又實在是拿不定主意，已經出了好幾次亂子了，海城的網路安全已經經不起折騰了，自己也經不起這個折騰了，他現在是不求有功，但求無過。

「你讓我再好好考慮！」市長還是下不了決心，「這兩天我一定給你個準信！」

劉嘯嘆了口氣，心裏非常無奈，照這種拖拖拉拉的辦事效率，幹什麼事都不會有成效，這也是劉嘯最後一次說服馮市長了，他已經盡力了，至於成不成，那就不是他能決定的了。

「好吧，我等著市長的消息！」

「好，那我這就回去再和市裏商議一下！你忙吧！」市長說著就朝門口走去，走兩步又回過頭來，「你看我這腦子，一打岔，差點把正事忘了，晚上到我家來，我已經讓家裏準備了飯菜，為你壓驚！」

把市長送走，張小花就撇嘴嘟囔道：「你不如和封明合作吧，我看他回去也拿不定主意的。」

劉嘯笑著搖了搖頭，「算了，由他吧，這也是不能勉強的事！」劉嘯心裏惋惜不已，看來自己也只有去和愛沙尼亞政府合作了！

第十章　報復行動

蘭登回頭看著理查，「劉嘯是個睚眥必報的人，難道你忘了F・SK的遭遇了嗎，那幾個企業可都是富可敵國的，最後的結果怎麼樣？如果他知道了綁架自己的幕後人，肯定是會報復的，不報復他就不叫劉嘯了。」

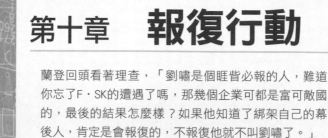

歐洲某國的國家情報中心。

負責人此時正大發雷霆，「我們在中國辛苦經營了十多年的情報網，竟被人一夜之間全部端掉，損失這麼大，我需要一個解釋！為什麼會發生這樣的事？」

「初步推斷，是我們針對劉嘯的行動，引起了中國方面的注意，他們可能是順著這個線索，把我們在中國的全盤情況給摸清楚了！」一位肩膀上扛著兩顆星星的官員說道。

「在這件事上，我不需要推斷，我要的是確切的消息！」負責人狠狠盯著那兩顆星。

「中方解救劉嘯的行動，和針對我們的行動幾乎是同一時間發起的，根據這點，已經可以判定問題就出在我們這次綁架劉嘯的行動上！」兩顆星道。

「負責此次行動的人是誰？」負責人捶了一下桌子，「我要他親自來解釋！」

「是我們在中國的一位骨幹，代號是XA064！」

兩顆星往旁邊一指，會議室的大螢幕就秀出了金絲眼鏡的照片。

「就是這個人，他曾經幫我們獲得過不少有價值的情報，前年被提拔為區域負責人，此次綁架劉嘯的行動，由此人全權負責。昨晚之後，我們便失去了和XA064的聯繫。根據可靠消息，此次中方的行動，並沒有抓到XA064，這點也可以從劉嘯在發佈會上的那段話來證實，只是我們目前還沒有辦法找到XA064。」

「一定要找到他，不管用什麼方法！」負責人咬著牙，心裏的憤怒難以抑制，一個行動就把整個情報網斷送，這個行動可以說是失敗到了極點，他恨不得把金絲眼鏡拉過來槍斃一萬次，損失的可是他多年的心血啊。

「是！」兩顆星冷冷應著，並沒有什麼大的反應。

「付出了這麼大的代價，卻什麼也沒有得到，這是我幾十年來見過最失敗的一次行動，是恥辱！」負責人仍舊怒不可遏。

「我們並不是完全沒有收穫，我們得到了一個信箱位址！」兩顆星不鹹不淡地說了一句，他不喜歡被人吼來吼去。

「一個信箱位址？」負責人以一種要吃人的目光盯著那兩顆星，一個破信箱位址，也能算是收穫嗎？

「這是目標人物劉嘯的信箱，根據我們的分析，這是他的一個用於存放秘密工具的地方，他穿透策略級防火牆的工具就是從這個信箱得到，我想裏面很可能有一些對我們有價值的東西。」兩顆星分析著，「我已經安排了我們的工程師去破解這個信箱位址的訪問密碼，很快就有結果！」

「報告！」

此時剛好響起一聲報告，會議室的門被推開，一位傳令兵快速走到兩顆星面前，「這是技術部門送來的最新報告！」

兩顆星收下，抬手示意那個傳令兵出去，然後快速翻看了一下送來的報告，就站了起來。

「我們的工程師剛破解了劉嘯的信箱密碼，在裏面發現了大量有價值的東西，其中包括策略級核心、虛擬攻擊工具、穿透策略級防火牆的工具、大量用於進入中國一些關鍵網路的工具以及一份關於網路安全發展方向的報告！」

負責人一聽，也站了起來，心裏不由一陣激動，自己原本是想利用劉嘯破解中國供電網路的通訊協議，沒想到結果是西邊不亮東邊亮，那邊沒得逞，這邊卻是收穫不小，當下道：

「立刻派專家過來，核實一下這些東西的真實性。」

說完，負責人戴上自己的軍帽，「我們也去看看！」

「將軍！」滿屋子的情報員都站起來敬禮，進來的這些人，肩膀上全是金光閃閃的星星。

負責人抬手還禮，「繼續進行吧！」

那些情報員便又重新坐下，各自忙自己的工作去了。

一個負責現場指揮的軍官走了過來，「將軍，有什麼需要效勞的？」

「從劉嘯信箱得到的東西在什麼地方？」負責人問。

「在這邊，請跟我來！」現場指揮官一抬手，在前面領路，那一堆星星們就跟了過去。

走進大廳旁邊的一個小屋子，裏面只有七八個人在忙著，還有幾個人在監控著牆上顯示儀上不斷刷新的數字，也不知道那是些什麼。

指揮官來到一台電腦前，「這裏就是從劉嘯信箱弄到的東西，全都在這裏！」

指揮官又指著一旁的一位消瘦的年輕人，「這位是負責駭客技術的專家，肖恩，具體情況，就由他為將軍介紹！」

「將軍好！」肖恩打了個招呼，然後道：「首先我要說的是，如果這些資料全部都是真實的話，那將是價值連城。網路安全界目前最尖端的幾個問題，在這些資料裏都可以找到答案。我們請語言專家解讀了這些檔的名字，裏面包括了策略級的核心技術和設計理念、瞬間防禦的原理和實現，只這兩項，就可以極大提高我們在網路安全方面的防禦能力；其他還有很多攻擊方面的東西，比如說虛擬攻擊的原理和實現、多層次機關程式的設計方法、觸發式程式的設計方法、穿透策略級防火牆的工具，等等，這些東西非常實用，可以大大提升我們數位化攻擊部隊的作戰實力；另外，這些檔案還包括了關於軟盟科技未來發展方向的一些機密。」

「這些東西都確實可靠嗎？」負責人問道。

肖恩搖了搖頭，「這需要做完測試才能知道，我只是負責破解這個信箱的密碼，剩下的工作會有更專業的人來做！」

負責人側頭看著現場指揮官，「負責核實的專家什麼時候到？」

「報告將軍，已經在路上了，應該馬上就到！」

「很好！」負責人頷首，「一會兒專家到了，我覺得可以先從這些攻擊工具開始核實，是否有效，一試便知真假。特別是那個穿透策略級防火牆的工具，一定要仔細研究每一個細節，我們得知道這次在中國被全盤清洗的原因！」

「是！將軍！」指揮官一個立正。

「報告！」門外有人大聲喊著，然後推門進來，「報告，實驗室已經準備好，調派的專家也已經就位，請問是否開始？」

指揮官一揮手，示意自己知道了，然後對肖恩道：「你把這些資料帶到實驗室，交給專家，按照將軍的指示，馬上開始分析！」

「是！」肖恩應道，彎身趴在電腦前開始操作，把得到的那些資料往實驗室傳送。

「我們到實驗室裏看看吧！」負責人此時建議。

他身後的那堆星星們都點頭，大家對於從劉嘯信箱裏查獲的這些東西，心裏都十分期待，所以也都想親眼看看這些東西到底有沒有用。

只有剛才那個兩顆星沒有點頭，「我手上還有一些事情需要處理，我等會再過去！」

負責人有些不悅，不過也沒說什麼，帶著一大堆星星又浩浩蕩蕩殺奔實驗室去了。

人腿到底是沒有網路跑得快，一幫星星們趕到實驗室的時候，那些資料早就傳了過來，調派來的專家已經對資料已經做了一個初步的檢視，分好了類，正在分派工作。

「將軍！」走過來一個人，來到星星跟前一敬禮，「我是本次行動的負責人，阿德萊曼中校！」

「說說情況吧！」負責人抬手還禮。

「資料共分兩大類，一部分是理論資料，一部分是工具。我們已經核實過了，所有工具都能運行，是否有效，還得進行具體測試才能知道。但所有的理論資料都是加密過的，目前還不知道是用什麼加密方法加密，我們已經安排了一個小組負責解密復原工作！」

「很好！」負責人頷首，資料加密，就證明這些資料是有價值的，「那就先來測試那些工具吧，必須做好每個細節的記錄。」

「是！」阿德萊曼立正答道。

「如果沒有什麼問題的話，就先測試那個可以攻破策略級防火牆的工具吧，我和幾位將軍正想看看這個工具是否真的有效。我們的關鍵網路剛剛採購和裝配了一批策略級防火牆，事關國家安全，不能馬虎啊！」當著這麼多專家，負責人的風度還是很好的。

「是，我馬上安排！」阿德萊曼一個敬禮，跑過去調派人手，準備測試那個可以攻破策略級防火牆的工具。

幾位星星看專家已經就位，就走上前來。

阿德萊曼繼續說道：「可以攻破策略級防火牆的工具共有兩個，一個是自動攻擊的，一個是需要鍵入攻擊代碼才能實施入侵，相應的攻擊代碼，技術科也已經移交了過來。」

「那就開始吧！」負責人一抬手。

「將軍！」阿德萊曼皺了皺眉，「實驗室並沒有配備策略級防火牆！」

「馬上弄幾套來！」負責人朝身後的那幾個星星吩咐。

「策略級防火牆是F・SK特供的，我們之前也訂了貨，但因為針對劉嘯的行動，導致產品不能到貨，F・SK只先供給了我們幾百套而已，都已經配置到一些關鍵網路中做測試去了，實在是抽調不出多餘的！」一位星星湊到負責人耳邊說道。

負責人一皺眉，自己差點把這事給忘了，自己向F・SK訂的貨還沒有完全到貨，他想了半天，道：「那就實戰測試一下吧，看看策略級防護牆是不是有傳說中的那麼強悍！」

「我們已經測試過了！」那星星繼續低聲道：「在愛沙尼亞，在俄羅斯……」

負責人擺了擺手，「中國有句話，叫做自相矛盾，矛是世界上最鋒利的矛，盾是世界上最堅固的盾，但沒有人知道到底是盾堅還是矛利，我們今天就替他們解開這個幾千年的困擾嘛！哈哈哈！」

負責人的話，引得實驗室裏所有人的哄然大笑。

「這樣吧！」負責人轉身看著剛才跟自己說話的星星，「你去把裝備了策略級防火牆的關鍵網路的資料調出來，就從中間隨機挑出十個地址來，讓我們的專家來測試一下，如果策略級防火牆沒有傳說中那麼好，我們就找F・SK退貨！」

「是！」那星星也沒話說了，人家是老大，人家做了決定，自己只需照辦就是了。

十來分鐘後，十個IP位址被送到了實驗室，還是那位星星，他走到負責人跟前道：「十個位址，其中有三個是我們情報部門的伺服器，其餘七個，我也已經通知了所屬單位，告訴他們要做一個例行檢測！」

「很好！」負責人頷首道：「開始吧！」

那位星星把記有IP位址的紙條遞給阿德萊曼，不忘吩咐一句，「記得，先從我們情報部分的伺服器測試起！」

「是！」阿德萊曼應著，轉身把把IP位址送到專家們的手裏，「開始吧，一號機採用自動化攻擊工具，二號機採用手工攻擊工具，你們各自把IP分派一下！」

幾位星星們又往電腦前湊了湊，想看得更清楚一些。

專家們運行了那兩個工具，各自鍵入一個IP位址，開始忙了起來。

「進去了！」只幾秒鐘的時間，使用自動化攻擊工具的專家就叫了起來，「已經進入了我們的伺服器！」

星星們湊過去，果然，螢幕顯示已經成功連接到目標位址，現在已經秀出目標伺服器上的一些資訊了。

專家鍵入一些命令之後，目標伺服器更為詳細的資訊就不斷顯示在眾人面前。

「我也進去了！」另外一位專家也叫了起來，眾人過去看，他這邊的情況也是一模一樣。

「看來策略級防火牆也不過如此嘛！」負責人笑說。

他現在想到的，不是去退貨，而是自己手裏有了這個工具之後，就可以輕鬆進入各國的關鍵網路了。這對己方的情報部門來說，簡直就是個萬能通行證啊。

此刻，負責人心裏突然冒出一股強大的信心，雖然自己丟掉了整個中國的情報網，但能夠換回這些工具，那再要獲取什麼情報，簡直就是易如反掌嘛，這樁買賣絕對是超值。

「再試試別的！」負責人回過神來，急忙吩咐道：「試試其他幾個ＩＰ位址，看看這個工具的穩定性如何！」

「是！」阿德萊曼急忙把剩下幾個ＩＰ位址一分派，專家們齊齊動手，開始測試。只是幾分鐘的時間，所有的結果都出來了，全部入侵成功！

「太好了！太好了！」負責人興奮了起來，在屋裏踱了幾步，「有了這個工具，咱們情報部門就可以大展拳腳了！」

其他幾位星星也意識到了這個工具的作用，立刻開始行動，向那些專家下達了封口令：「因為這個工具關係重大，所以從此刻起，我希望在座諸位能夠保守這個秘密！」

都是幹情報的，誰能不清楚誰的心思，諸位專家便都點了點頭。

「好，看來這些從信箱弄到的東西，確實是有著重大的價值！」負責人回頭看著阿德萊曼，道：「阿德萊曼中校，全面分析和破解這些東西的任務就交給你了，由你全權負責，如果有什麼需要配合協調的事，可以直接找我！」

「是，將軍！」阿德萊曼「啪」一個立正，「我非常榮幸能夠接受這個任務！」

「那我就不打擾你們的工作了！」負責人笑吟吟地說著，然後轉頭看著那堆星星們，「我看咱們需要儘快擬出一個計畫才行！」

其他幾個星星紛紛點著頭，再好的事也得籌畫啊。

「我們是得趕緊擬出一個計畫來！不過，不是如何利用這些工具，而是怎樣儘快收拾這些工具給我們帶來的大麻煩！」

之前那個沒有跟來的兩顆星此時走了進來，來到負責人跟前一個敬禮，「我剛剛收到報告，因為我們的測試，導致關鍵網路的系統被鎖死，無法進行正常操作，需要馬上解決！」

「怎麼回事？」負責人問道。

「我們的測試剛一開始，那邊的策略級防火牆便已經檢測到了。但由於這些伺服器的網管接到通知，說這是正常測試，便沒有進行干預，防火牆在接收不到人工處理意見時，便鎖死了這些伺服器的系統，並因此導致整個網路中所有策略級防火牆連鎖反應，我們已經有至少三個關鍵部門的網路陷入了無主自動操作之中，其中也包括我們情報部門。現在向我們發號施令的，是那些裝配了策略級防火牆的電腦！」兩顆星看著負責人，他現在終於也有了吼叫的本錢了。

「這不可能！」阿德萊曼最先提出質疑，「剛才明明是可以對那些電腦進行操作的！」

話雖如此，阿德萊曼還是趕緊來到電腦前，對著專家道：「馬上測試，看看情況是否屬實！」

專家又運行工具，重新鍵入那幾個ＩＰ位址，奇怪的是，還是顯示連結成功啊。

「怎麼樣？」負責人過來看著。

「入侵成功！」阿德萊曼也有些看不懂了，他推開專家，親自過去在鍵盤上敲了幾個命令，然後就面色死灰地站了起來，「報告將軍，入侵雖然成功，但我們只有流覽目錄的許可權，並不能打開目標伺服器上具體的檔案，也無法對這些檔案進行移動、複製、刪除！初步估計，是……」

「是什麼？」負責人也發火了，盯著阿德萊曼，眼裏都要噴出火來了。

「是防火牆早就發現了我們的入侵行為，故意放我們進來，然後又鎖死了許可權！」阿德萊曼就感覺像是從天堂掉到了地獄，看都不敢看這位肩上扛著五顆金色星星負責人。

「馬上聯繫F・SK，讓他們派人來收拾好這一攤子破事！」

負責人大為光火，拂袖而去。

自相矛盾，自相矛盾，這個世界上果然是有自相矛盾這樣的事存在的，這真的不是一個笑話，自己親眼看到最鋒利的矛穿過了最堅固的盾，又馬上看到最堅固的盾抵抗住了最鋒利的矛，自己也說不清楚到底是矛利還是盾堅。

負責人走後，那位親自挑選IP位址的星星站在那裏擦著冷汗，好在自己剛才沒有挑交通部門的伺服器，不然現在全部警察都得上大街去指揮交通了。不過自己挑了三個情報部門的伺服器，這罪孽也是不小啊，情報部門就是一個國家的眼睛，現在自己想看哪裡，已經由不得自己了，全得聽電腦的，自己從事這麼多年，還是頭一回碰到這麼鬱悶的事情。

幾分鐘之後，F・SK就有了答覆，軟盟不準備派專家過來，理由有二：一是某國目前的裝配量太小，不夠上門服務的標準；二是還沒有在某國設立辦事處，趕過去路上耗費時間太多，遠水救不了近火。

不過軟盟的專家也給出解決意見，那就是安靜地等待，只要在連續三十分鐘內，防火牆不再遭受攻擊，這個鎖定狀態就可以解除，這是默認的設置，等鎖定狀態解除後，用戶可以根據自己的需要來設置這個鎖定時間的長短。

這讓在焦急等待消息的星星們終於有些放心了，重新開始了討論。負責人很尷尬，敲了敲桌子，「大家都說說吧，對這件事有什麼看法？」

「我覺得軟盟的策略級防火牆存在嚴重的安全隱患，並不適合裝配在我們的關鍵網路之中，所以，我建議以此次事故為由，向F・SK提出退貨的要求！我們應該重新選擇一款更好的安全設備！」一位年輕的星星說道。

他的意見引起不少人的附和，「為了安全起見，我們也覺得應該重新考慮一下是否要把更多的策略級防火牆裝配在我們的關鍵網路上！」

負責人點了點頭，道：「雖然在事先的檢查中，我們並沒有發現這套產品存在後門以及安全隱患，但這件事，確實是暴露了產品在一些方面還是存在安全問題的，既然大家都是這個意見，那就……」

「對不起，打斷一下，將軍！」之前的那兩顆星站了起來，「我不同意大家的看法！」

負責人面色一沉，「你有什麼想法，說吧！」

「我認為軟盟的產品非但不存在安全方面的問題，反而是非常地安全，今天的事情恰好就證明了這點！」

兩顆星舉起一根手指，「第一，造成目前這種局面的主要原因，是我們的工程人員沒有仔細研究策略級防火牆的設置規則，我們完全可以將這種鎖定狀態設置到一分鐘以內！第二，策略級防火牆的創始人是劉嘯，他是世界上最熟悉這套產品弱點的人，可現在連他自己的攻擊工具都拿這套防火牆沒有辦法，這足以說明產品是按照最高安全標準設計的。再者說，劉嘯設計這種工具本身也是可以解釋的，或許他只是為了測試自己產品的安全，目的是為了進一步提高產品的安全性！」

兩顆星的話倒也不是完全沒有道理，大部分人開始微微頷首，因為大家剛才都是親眼看到了的，劉嘯自己的攻擊工具雖然刺穿了防火牆，但卻什麼也沒有得到。

「我和諸位的意見相反，我認為我們應該大量裝配這種防火牆，只要我們熟悉防火牆的每一個設置規則，就不會出現今天的這種事故！」兩顆星掃視了一下眾人，「策略級防火牆的安全性，我們已經在愛沙尼亞和俄羅斯的關鍵網路上反覆驗證過了，到目前為止，我們拿它一點辦法都沒有！」

眾人紛紛議論，這倒是真的，情報部門早就派出多批的數位化攻擊部隊對愛沙尼亞和俄羅斯的關鍵網路進行攻擊，這些都是國內最頂尖的駭客，可到現在，一個有效的辦法都沒有拿出來，這也是之前決定採購軟盟產品的最主要原因。

負責人看大家的意見有爭執，皺眉一思考，道：「既然在這個問題上存在爭議，我看這樣吧，把那些工具交給我們的數位化攻擊部隊，讓他們拿去測試一下他國的關鍵網路，看看是否也存在和我們一樣的狀況，到時候我們再根據結果做決定！」

兩顆星還想說點什麼，可看大家都點了頭，也就只好悶聲坐了下來，反正看看情況也好！

「蘭登！」負責人看著那個兩顆星，「你去負責監控我們的關鍵網路，一旦鎖定狀態解除，就馬上安排人對防火牆重新設置！」

「是！」蘭登站起來接受命令，他很鬱悶，估計是負責人看自己意見不合，要支開自己。

「理查！」負責人又看著剛才那個負責挑選ＩＰ位址的星星，「你馬上召集數位化攻擊部隊，爭取在最短時間內完成測試！」

「是！」理查倒是有些高興，看來負責人是不打算追究自己剛才挑選ＩＰ位址的失誤了，這明顯是給自己一個將功贖罪的機會，「您放心，我一定做好！」

「好！散會！」負責人站起來抬手敬禮，然後提著自己的帽子就走了出去。

蘭登離開會議室，來到情報處理大廳，下達了命令，「讓剛才那幾個報告系統鎖死的部門隨時報告防火牆的狀態。另外，讓他們的工程師把產品的說明書好好給我讀一讀，連個基本設置都得等人來教嗎？」蘭登的火氣很大。

「報告蘭登將軍！」一個情報員面色怪異地看著蘭登，「我們的網路系統也鎖死了，無法聯繫到那些部門！」

「那就打電話通知！」蘭登瞪著那個情報員，「離開電腦你就不會工作了嗎？」

「是！」情報員趕緊拿起手邊的電話，開始在電腦上查詢那些部門的電話，可惜敲了幾次，系統並沒有給出答案，只是提示：「網路處於極大風險中，目前暫停訊息方面的提供服務！」

情報員撓了撓頭，站起來奔資料科去了，這是什麼破系統，一個防火牆就把它鎖死了，看來自己只能從漫長的電話本裏去查找那幾個部門的電話，估計等找到的時候，這該死的系統也都自動恢復了。

那邊的理查此時卻是雄心勃勃，帶了劉嘯的幾個工具，就去了隔壁的國防部網路作戰科。

網路作戰科的人一聽理查的介紹，立時就來了興趣，他們可是對愛沙尼亞和俄羅斯的網路研究了很長時間了，一點口子都沒撕開，正愁著呢，理查帶來的工具就是那漫天黑幕裏的一點亮星，就算亮光小，那好歹也是個光亮啊。

「我們之前已經做過測試，這些工具確實能刺穿策略級防火牆，但是進去之後沒有得到許可權，反而把防火牆給鎖死了！」理查趕緊給那些人解釋著，「這次找你們來測試，目的就是看看他國的防火牆在遭受這種工具攻擊時，是否也會造成同樣的狀況。」

「原來剛才的網路警報就是你們給拉響的？」網路作戰科的負責是一位少將，級別和理查持平，可能是平時很熟，所以話也說得很開。

「我們差點以為是敵軍偷襲，呶，你看看！」少將拿下巴指著外面的作戰科大廳，「我都把休假的人緊急召回了！」

「別說了，趕緊行動吧，上面還等著我的回信呢！」理查擺了擺手，說。

少將接過理查手裏的硬碟，然後喊道：「來人！」

「將軍！」一位通信兵應聲出現在門口。

「馬上安排下去，拿這個硬碟裏的工具去攻擊策略級防火牆！」少將看著通信兵，「記住，讓他們挑平時最難啃的那幾個骨頭去啃！」

「是，將軍！」通信兵接過那個硬碟，就跑了出去。

透過這間小辦公室的落地玻璃，理查就看見外面的網路作戰大廳裏開始忙碌了起來，只過了幾分鐘，那通信兵又回來了，手裏拿著報告，「將軍，這是結果！」

那少將接過來，眉頭一皺，「理查，你沒跟我開玩笑吧？」

「怎麼了？我看看！」理查從那少將手裏抽過報告，一看之下也是納悶了，報告顯示，那些工具一點用都沒有，什麼刺穿防火牆，根本就是沒影的事。

「理查，今天那些網路狀況真是你們情報部搞出來的嗎？」少將此時都有些懷疑了，要是這些屁用都沒有的工具也能把國家的關鍵部門搞得亂七八糟，那還要自己這些網路作戰精英們幹什麼。

「奇怪，剛才在我們那兒明明是刺穿了防火牆的啊，這我是親眼看見的！」理查怎麼也想不透這裏面的玄機，「怪事，怎麼到你這裏就不能用了呢，是不是你們的人操作有誤，沒按照裏面的說明做啊！」

「跟我來！」少將說完，就親自出門奔向作戰大廳去。

「將軍！」幾位負責操作的隊員站了起來。

「所有操作是按照硬碟上的說明來做的嗎？」少將問道。

「是！」一位隊員答道，「操作並不複雜，一個是自動攻擊工具，一個是需要鍵入代碼的，我們核對了三遍代碼，絕對沒有錯誤！」

「再做一遍！」少將命令道，隨即回頭看著理查，「你親眼看看，如果有什麼和你們操作不同的地方，立刻指出來！」

幾個作戰隊員無奈，又把剛才的動作重複了一遍，理查仔細看著，和剛才在情報部那邊的動作是一模一樣的，看不出有什麼不妥的。

「將軍，你看！」作戰隊員指著螢幕，「沒有任何作用！」

理查往前一看，那螢幕上的失敗兩字他還是看得見的，他鎖著眉道：「奇怪了，這是怎麼一回事，剛才明明成功了啊，難道這策略級防火牆升級得這麼快？才一會兒工夫就把漏洞補了？」理查看著那少將。

少將也是不解，按說理查不會說瞎話的，再說了，那幾個部門的網路確實是出了狀況，可這工具是怎麼回事，怎麼一會兒有用，一會兒沒用。這一會兒的工夫，軟盟也不可能把幾萬套產品同時更新吧，可這要怎麼解釋呢！

蘭登更鬱悶，剛接到電話，說防火牆已經解除了鎖定狀態，他還沒來得及讓人來更改設置呢，電話又打過來，說是防火牆再次遭到攻擊，系統又被鎖死了，要恢復，又得半個小時！

「媽的！」蘭登就氣不打一處來，真他娘的邪門了，怎麼這攻擊的時間點就掐得這麼準呢，還半個小時一波的，「馬上去查，看是誰在攻擊我們的防火牆！」蘭登衝通信兵喊著。

蘭登的話剛落，理查就垂頭喪氣地回來了，道：「別查了，我知道是誰在攻擊！」

蘭登緊走兩步，來到理查跟前，「是誰？」

「還是我們自己！」理查拉著個臉，「我奉將軍之命，帶著那些工具去了網路作戰科，他們拿工具測試，結果一點作用都沒有……」

「一點作用都沒有？」蘭登瞪著理查，「一點作用沒有，我們的網路怎麼又被鎖死了?!」

「等我說完啊！」理查自知理虧，說話聲音也低了不少，「後來網路作戰科的人發現，那些工具已經記住了上次攻擊的ＩＰ位址，運行之後會自動攻擊那些位址，我們再去攻擊別的位址，就一點作用都沒有了！」

蘭登氣得原地踱了兩個圈，便朝負責人的辦公室走去，「什麼也別說了，跟我去見將軍！」

負責人聽完理查的話，也是驚訝得站了起來，「自動攻擊我們的網路？

怎麼會發生這樣的事呢？」

「這是工具的設定，我們當時沒注意到！」理查說道。

「我看這事沒有這麼簡單！」蘭登想了想說。

「蘭登，你有什麼話就說！」負責人看著蘭登。

「我認為我們可能是被人利用了！」蘭登看著負責人，「很明顯，這是一起針對我們關鍵網路的有計劃的攻擊，對方利用的就是我們在防火牆默認設置上的缺陷。」

「有計劃的攻擊？」負責人鎖著眉頭，不解地說：「你繼續說！」

「依我看，應該是軟盟做的！」蘭登說出了自己的推論。

「軟盟？」理查首先提出了反對，「這可是他們的產品，他們會攻擊自己的產品？」

「這有什麼不可能的，我們還綁架軟盟的掌門人呢！」蘭登回頭看著理查，「劉嘯是什麼人？他就是個睚眥必報的人，難道你忘了F・SK的遭遇了嗎！那幾個企業可都是富可敵國的，跟一個小小的軟盟鬥了那麼久，最後的結果怎麼樣？還不是讓人家給綁架了，現在只會死心塌地幫軟盟推銷策略級產品！軟盟敢對那幾個企業下手，又為什麼不會對我們下手？」

這下負責人也有些拿捏不準了，以劉嘯的秉性來判斷，如果他知道了綁架自己的幕後人，那肯定是會報復的，不報復他就不叫劉嘯了。

負責人拿起擱在桌子上的雪茄，吸了兩口，又放下，道：「這只是個猜測，你有辦法證實嗎？」

「既然產品是軟盟的，我想軟盟肯定也不想鬧大，想要證實是不是他們做的，其實很簡單，只要拋出一些利益，他們若是見好就收，那肯定就是他們幹的。」蘭登說道。

「萬一拋出去的利益沒人接呢？」負責人問道，「我執掌情報部二十多年，還從來沒有碰到過這樣的情況，這簡直就是在向我們叫板，向我們的國家叫板啊，這個劉嘯實在是太囂張了！」

負責人的脾氣這些年已經修煉得很內斂了，此時也不禁起了幾分火氣，「你馬上拿個方案，拋出利益，我倒要看看，他劉嘯敢不敢吃下去！」

「是！」蘭登一個立正，「我這就去辦！」

一聲「報告！」負責人的辦公室被推開，進來一個通信兵，「蘭登將軍，有新的狀況，請你過去協調一下！」

「什麼事啊？」蘭登看著通信兵，這都追到這裏了，難不成又出什麼大亂子了嗎？

「負責解密檔案的專家組出了點差錯，他們從網上下載了一個解碼器，結果卻中了毒，現在那些資料無法恢復，而且病毒讓我們實驗室所有的機器都不能運作！」通信兵答道。

蘭登「啪」一把拍在負責人的桌子上，負責人倒是沒事，可把理查給嚇了一跳。

「我敢保證！」蘭登看著負責人，「這絕對是劉嘯的風格！」

「實驗室的電腦上，可是有很多我們辛苦搜集來的資料，還等著分析呢！」理查說著。

「事到如今，看來也只能請ＯＴＥ的人過來了！」負責人一思索，就有了主意，「ＯＴＥ不是號稱自己是萬能救火隊嗎？那我們就把ＯＴＥ請來，這次我倒要跟這個劉嘯好好地鬥一鬥，順便也看看是軟盟的放火水準高，還是ＯＴＥ的救火技術高！」

請續看《首席駭客》十一　趁火打劫

首席駭客 十 關鍵線索

作者：銀河九天
發行人：陳曉林
出版所：風雲時代出版股份有限公司
地址：105台北市民生東路五段178號7樓之3
風雲書網：http://www.eastbooks.com.tw
官方部落格：http://eastbooks.pixnet.net/blog
Facebook：http://www.facebook.com/h7560949
信箱：h7560949@ms15.hinet.net
郵撥帳號：12043291
服務專線：(02)27560949
傳真專線：(02)27653799
執行主編：朱墨菲
美術編輯：吳宗潔

法律顧問：永然法律事務所 李永然律師
北辰著作權事務所 蕭雄淋律師

版權授權：蔡雷平
初版日期：2015年11月
初版二刷：2015年11月20日
ISBN：978-986-352-188-4

總 經 銷：成信文化事業股份有限公司
地　　址：新北市新店區中正路四維巷二弄2號4樓
電　　話：(02)2219-2080

行政院新聞局局版台業字第3595號 營利事業統一編號22759935

定價：280元　　特惠價：199元　

國家圖書館出版品預行編目資料

首席駭客 ／ 銀河九天 著. -- 初版. -- 臺北市：
風雲時代，2015.04- 冊；公分

ISBN 978-986-352-188-4（第10冊；平裝）

857.7　　104005339